Bernhard Willms

Lena bricht aus

Eine junge Frau sucht ihren Weg

Bernhard Willms
bwillms@arcor.de

Herstellung und Verlag:
BoD - Books on Demand, Norderstedt
ISBN: 9783746015200

Inhaltsverzeichnis

Über den Autor
Bernhard Willms

Nach seinem ersten Buch (Roter Sand und süße Früchte), einer spannenden Biografie über das Leben seiner Mutter, erfüllte er sich nun den lang gehegten Wunsch, einen Familienroman zu veröffentlichen, der wiederum einen großen Bogen von Paraguay nach Deutschland spannt. Detailliert werden das Leben und die traditionellen Gebräuche ehemaliger deutscher Aussiedler in Paraguay beschrieben, die jedoch ihre deutsche Heimat stets im Herzen tragen.

Nach dem Eintritt ins Rentenalter im Februar 2017 fand Bernhard Willms endlich die Zeit und Muße, seine Freude und Lust am Schreiben zu verwirklichen.

Viel Spaß beim Lesen wünscht

Ihr Bernhard Willms

Burn-out in Frankfurt

Die ersten Sonnenstrahlen krochen langsam durch den dichten Frankfurter Morgennebel, als Lena erwachte. Verwundert blinzelte sie auf die Schläuche an ihren Armen und die medizinischen Apparaturen, die neben ihrem Bett aufgestellt waren. Lena versuchte aufzustehen, doch war das in diesem Zustand ganz und gar nicht möglich: Sie fühlte sich im wahrsten Sinne ans Bett gefesselt! Angestrengt überlegte sie, auf welche Art und Weise sie wohl in dieses Bett gekommen ist, denn ihre noch verschlafenen Augen registrierten vage, dass sie sich offensichtlich in einem Krankenzimmer befand. Da ging plötzlich die Tür auf und eine weiß gekleidete junge Dame betrat den Raum und stellte sich mit angenehm leiser Stimme vor: „Guten Morgen, Lena! Ich bin Schwester Anna, haben Sie gut geschlafen?" Das war ja eine sehr freundliche Begrüßung, dachte Lena, und fragte, ohne den Gruß zu erwidern, sofort: „Wo bin ich, was ist passiert und wo ist meine Tochter?" Ruhig gab Schwester Anna Lena die gewünschten Auskünfte: „Sie befinden sich in einem Frankfurter Krankenhaus. Nach Ihrer Landung gestern Abend am Frankfurter Flughafen wurden Sie bewusstlos bei uns eingeliefert. Ihre kleine Tochter ist im Zimmer nebenan und schläft noch."

Anschließend fragte sie Lena, ob sie jetzt das Frühstück servieren dürfe?

„Ich habe keinen Hunger und würde zunächst erst einmal zu meiner Tochter", erwiderte Lena unruhig. Doch Schwester Anna blieb hartnäckig, bis Lena einwilligte und einem Frühstück zustimmte. Sie erklärte sich auch einverstanden, ihre Tochter noch ein Weilchen schlafen zu lassen und sie dann erst nach dem Frühstück zu sehen.

Die Krankenschwester entschwand mit schnellen Schritten, war aber schon nach kurzer Zeit wieder da und servierte ein liebevoll bereitetes Frühstück mit Tee, frischen Brötchen, Butter, Aufschnitt und Marmelade auf einem Tablett und stellte es vor Lena auf das Krankenbett. Lena richtete sich auf und begutachtete das Frühstück. Der Tee duftete angenehm, und sie genoss den ersten Schluck. Unwillkürlich regte sich nun auch der Appetit und der war so groß, dass Lena genussvoll die zwei Brötchen aß.

Danach fühlte sie sich zwar etwas besser, zog es aber vor, wieder unter die warme Bettdecke zu schlüpfen, denn ihr abgemagerter, von Strapazen geschwächter Körper forderte erneut sein Recht auf Ruhe und Schlaf ein. „Meine kleine Tochter ist hier sicher und gut aufgehoben, sie kann noch ein Weilchen gefahrlos ohne mich verbringen", ging es ihr durch den Kopf, bevor sie erneut sanft einschlummerte und in ihrem Halbschlaf noch einmal die aufregenden Stationen ihres bisherigen Lebens durchlebte.

Auf Freud folgt Leid

Elisabeth geht voller innerer Unruhe in ihrer Küche hin und her. Schon seit ein paar Tagen fühlt sie sich nicht mehr so richtig wohl. Sie dachte an Jakob, ihren Mann, der heute wieder weit draußen das Feld bearbeitete, damit er endlich seine Aussaat vornehmen konnte und die mühsame Arbeit zukünftig Früchte trägt.

Sie war jetzt 25 Jahre alt und trotz der Schwangerschaft mit einer zierlicher Figur gesegnet und seit drei Jahren mit Jakob verheiratet. Jakob ist zehn Jahre älter als Elisabeth und ein ruhiger, strebsamer und mit einer Körpergröße von 1,85 m ein recht stattlicher Mann. Elisabeth spürte, dass die Geburt ihres Kindes nicht mehr lange auf sich warten ließ, und sie beide wussten nicht, ob es ein Junge oder Mädchen wird. Insgeheim hoffte sie darauf, dass sie eine kleine Tochter zur Welt bringen würde. Aber was würde Jakob dazu sagen, der sich doch so sehr einen Sohn wünscht? Wie wird sich das Leben verändern, wenn erst einmal ein Baby in ihr beschauliches und von Arbeit geprägtes Leben tritt? Elisabeth gingen unzählige Fragen und Gedanken durch den Kopf, und sie musste unwillkürlich daran denken, wie sie ihrem Jakob das erste Mal begegnet ist.

Im September 1980 hatten sie sich in dem beschaulichen und abseits gelegenen Dorf Kirchheim im Regierungsbezirk San Pedro im südamerikanischen Staat Paraguay bei einem Dorffest kennen gelernt. In dem überwiegend von deutschen Auswanderern bewohnten Dorf am Ende der Welt gab es außer dem sonntäglichen Kirchgang kaum Begegnungs- oder Vergnügungsmöglichkeiten für junge Leute im heiratsfähigen Alter …

Elisabeth weiß noch ganz genau, wie Jakob sie auf dem Fest in Augenschein nahm. Noch immer bekommt sie Herzklopfen, wenn sie sich daran erinnert, wie Jakob sie zum ersten Mal zum Tanz aufforderte, als die Musikkapelle einen Walzer spielte.

Mit einer höflichen Verbeugung stand er plötzlich vor ihr und fragte: „Darf ich bitten?" und Elisabeth erwiderte erfreut: „Sehr gern, mein Herr!" Jakob hielt sie dezent, aber fest in seinen Armen und führte Elisabeth auf elegante Weise über das Parkett. Nach dem Walzer spielte die Band dann auch schnellere Rhythmen, bei denen sich Jakob ebenfalls als toller Tänzer erwies. Als dann aber ein Tango erklang, schmolz Elisabeth ganz dahin, denn darin war Jakob ein unübertroffener Meister und ein wahrer Traumtänzer für alle jungen Frauen. Und Jakob war entzückt von der jungen Elisabeth, denn noch nie hatte er auf Anhieb so gut mit einem Mädel beim Tanzen harmoniert.

An diesem Tanzabend hatte sich Jakob unsterblich in Elisabeth verliebt und ihm war klar geworden, dass nur Elisabeth seine Frau werden konnte. Jakob tut alles, um sie für sich zu gewinnen. Bei zahlreichen gemeinsamen Spaziergängen, Ausflügen mit Freunden und vielen zärtlichen Treffen in der „Laube", der einzigen Gaststätte im Dorf, kommen sie sich immer näher. Und auch Elisabeth genießt die gemeinsamen Stunden mit Jakob. Als Jakob Elisabeth nach sechs Monaten einen Heiratsantrag macht und sie bittet, seine Frau zu werden, sagt sie sofort freudig zu.

Für Elisabeths Eltern war es eine schwere Entscheidung, ihre Tochter freizugeben, denn schon seit über einem Jahr hegten sie den Gedanken, nach Kanada auszuwandern. Selbstverständlich sollte auch Elisabeth mit und dort ihre neue Heimat finden. Da sie Jakob jedoch von Kindesbeinen an kannten, wussten sie, dass es für ihre Tochter eigentlich keinen besseren Mann geben könnte. Obwohl Elisabeth schon 22 Jahre alt war und hätte alleine entscheiden können, ob sie eine Ehe mit Jakob eingeht, war ihr die Zustimmung ihrer Eltern sehr wichtig. So verließen die Eltern erst nach der Hochzeit ohne ihre Tochter Paraguay und wanderten

wanderten nach Kanada aus. Jakobs Mutter war schon vor sechs Jahren gestorben. Als auch der Vater vor einem Jahr verstarb, erbte Jakob das elterliche Anwesen und wohnte seitdem alleine in dem großen Haus.

Jakob war überglücklich, als Elisabeth nach der Heirat zu ihm zog, und merkte erst jetzt, in welch schlechtem Zustand sich sein Haus befand. Er trommelte alle Freunde zusammen, um das Haus zu renovieren und zu modernisieren. Alle Wünsche von Elisabeth konnte Jakob bei der Renovierung und Ausstattung des neuen gemeinsamen Hauses erfüllen, so dass sich seine junge Frau rundum glücklich fühlte.

Elisabeth und Jakob verbrachten die ersten unbeschwerten Jahre miteinander. Jakob hielt seine Wirtschaft in Ordnung und bekam dafür von allen Seiten viel Lob und Anerkennung. Auch Elisabeth war sehr ausgeglichen und zufrieden mit ihrem Leben. Sie kümmerte sich um Haus und Hof mit all den Tieren, die dazugehörten.

Und dann, im Jahr 1986, war Elisabeth sicher, dass ihr Traum von einem Kind in Erfüllung geht. Nachdem sie merkte, dass sie mit ihrer Regel deutlich über die Zeit war, ging sie zum Arzt. Der Arzt und ein Test bestätigten, dass sie schwanger war. Elisabeth liefen ob der freudigen Nachricht

Freudentränen die Wangen hinunter. Sie konnte es an diesem Tag kaum abwarten, bis ihr Jakob von der Landarbeit nach Hause kam. Sie ging in den Stall und wartete dort auf ihn. Als Jakob seine Frau erblickte, eilte er zu ihr und fragte mit unsicherer Stimme, ob etwas passiert sei?

Doch Elisabeth nahm Jakobs Hand und legte sie auf ihren Bauch. „Lieber Jakob", sagte sie, „hier wächst nun unser gemeinsames Kind heran."

Jakob durchfuhr es wie ein Blitz, denn auch er wünschte sich schon seit langem einen Sohn. Obwohl er nicht wissen konnte, was in Elisabeths Bauch heranwächst, dachte er sofort an einen Sohn. Er beeilte sich mit dem Ausspannen der Pferde, und gemeinsam gingen sie dann in die Küche. Dort nahmen sie sich in den Arm, beglückwünschten sich noch einmal und feierten eine kleine Party.

Die Schwangerschaft verlief ohne Komplikationen. Elisabeth ging regelmäßig zur Untersuchung, und der Arzt hatte nichts zu beanstanden.

Und auch jetzt, im neunten Monat der Schwangerschaft, muss sie die vielen anfallenden Arbeiten auf dem Anwesen, das sie mit ihrem Mann Jakob bewirtschaftet, erledigen. Zu ihrer Wirtschaft gehören 100 Hektar Land, bestehend aus den Hofflächen und dem Acker- und Weideland. In ihrem Garten stehen die zahlreichen Apfelsinen- und

Mandarinenbäume in voller Blüte, und auf den nahen Weideflächen grasen tagsüber die Milchkühe und Pferde. Ein Schweinestall liegt etwas abseits vom Wohngebäude. Jeden Morgen füttert und melkt Elisabeth erst die Kühe, dann füttert sie die Schweine und versorgt die vielen Hühner und Enten mit Futter und Wasser. Das jeweilige artgerechte Tierfutter stellt Jakob schon am Vorabend zusammen und für Elisabeth zur Fütterung bereit. Deshalb ist Elisabeth stets die erste, die morgens aufsteht. Schnell wäscht sie ihr Gesicht, zieht ihr Arbeitskleid an und bindet sich die Schürze um. Mit dem Melkeimer in der Hand geht sie zuerst zu den Kühen. Das von Jakob bereit gestellte Kraftfutter steht vor den Trögen, und Elisabeth gibt jeder Kuh etwas zu fressen. Das Futter nehmen die Kühe bereitwillig an, denn es besteht aus geschrotetem Mais und schmeckt den Kühen besonders gut. Anschließend erledigt sie mit flinker Routine das Melken der Kühe.

Zurück in der Küche wartet Jakob schon auf sie. Nach einem freundlichen „Guten Morgen!" kocht Elisabeth das Wasser für den löslichen Kaffee, deckt den Tisch und spricht dann das Tischgebet. Danach schmeckt ihnen das in einem Steinofen selbst gebackene helle Brot, bestrichen mit Butter und Marmelade aus der eigenen Herstellung, einfach köstlich! Nach dem Frühstück räumt Elisabeth den Tisch wieder ab, denn viel Zeit für eine längere morgendliche Unterhaltung am Tisch bleibt meistens nicht, weil die täglich anfallenden Arbeiten erledigt werden müssen.

Elisabeth verarbeitet die frische Milch selbst. Ein Teil kommt zunächst in den Kühlschrank, den anderen Teil schleudert sie zu Butter. Elisabeths Butter ist im ganzen Dorf sehr beliebt. Die festen Abnehmer kommen regelmäßig zu ihr, und Elisabeth bessert das Haushaltsgeld damit auf.

Jakob ist schon seit längerer Zeit bei einem neuen Ackerbau beschäftigt, denn bevor er überhaupt mit einer Aussaat beginnen kann, muss zunächst einmal der Urwald gerodet werden. Für diese anstrengende Tätigkeit hat Jakob viele einheimische Tagelöhner aus Paraguay engagiert. In monatelanger, mühsamer Arbeit fällen die einheimischen Arbeiter Baum für Baum, roden die Erde und erzielen damit ein geringes Einkommen, das sie für sich und ihre Familien zum Leben brauchen. Es gibt Tage, an denen Jakob die Arbeit auch auf dem Hof allein nicht schaffen kann, dann kommt ihm Hans, ein junger Mann aus der Nachbarschaft, zu Hilfe.

An einem Freitagvormittag ist es dann so weit: Bei Elisabeth setzen die Wehen ein, und sie bittet Hans, der gerade auf dem Hof den Pferdestall säubert, ihren Mann darüber zu verständigen, dass es höchste Zeit wird, zum Krankenhaus aufzubrechen. In Windeseile reitet Hans zum Ackerland und bringt Jakob zum Hof zurück. Zusammen spannen sie schnell die Pferde vor die Kutsche, und ab geht es zum drei km entfernten Krankenhaus.

Ohne Zwischenfälle erreichen sie das Hospital, und Elisabeth wird sofort auf die Entbindungsstation gebracht. Elisabeth klagt über heftige Schmerzen im Unterleib, denn die Schlaglöcher auf dem unebenen Weg hatten sie ordentlich durchgerüttelt, weil Jakob die Pferde mächtig angetrieben hat, um so schnell wie möglich zum Krankenhaus zu gelangen. Elisabeth wird zunächst auf ein Bett gelegt und untersucht. Sie bekommt vom Arzt ein paar beruhigende Medikamente verabreicht und bleibt ab sofort nicht mehr alleine im Zimmer. Durch die Anwesenheit der zugeordneten Krankenschwester fühlt sich Elisabeth jetzt sicher aufgehoben.

Jakob hatte seine Aufgabe im Eiltempo erledigt. Er setzte sich auf den Wagen und ließ jetzt die Pferde gemütlich nach Hause traben. Nicht im Traum wäre es ihm eingefallen, im Krankenhaus zu bleiben, weil er wusste, dass die Männer im Kreißsaal auf einer Entbindungsstation nicht gern gesehen waren. Er konnte die Wartezeit bis zur Geburt zu Hause besser überbrücken und so nebenbei noch etwas Sinnvolles tun. Am frühen Nachmittag setzen bei Elisabeth erneut die Wehen ein. Die Hebamme beruhigt Elisabeth. Sie streichelt ihren Bauch und schaut sie zuversichtlich an. Nach einer weiteren Stunde verstärken sich abermals die Schmerzen. Elisabeth glaubt, es nicht mehr aushalten zu können. Doch der Muttermund hat sich nur etwas geöffnet und die Hebamme erkennt die dramatische Situation, denn das Kind scheint sich nicht in die normale Geburtslage zu bewegen. Rasch ruft die Schwester den Arzt, der auch sofort zur Stelle ist. Nachdem er die Position des Kindes im Mutterleib begutachtet hat, entschließt er sich für einen Kaiserschnitt, denn in dieser Lage konnte das Baby nicht auf natürlichem Wege geboren werden. Er gab Elisabeth eine Narkosespritze, und die Betäubung wirkte augenblicklich.

Dann ging alles sehr schnell. Schon nach kurzer Zeit erblickte ein prächtiges Mädchen mit schwarzen Haaren das Licht der Welt! Nach dem Abtrennen der Nabelschnur wird es gebadet, gemessen und gewogen. Ein Baby von 51 cm Länge und mit stolzen 3.250 Gramm Gewicht hatte Elisabeth das Leben in den letzten Stunden so schwer gemacht. Die Hebamme wickelt den Wonneproppen nun in ein angewärmtes Tuch und legt es der jungen Mama auf den Bauch. Zwischenzeitlich hatte auch der Arzt die

Wunde vernäht und danach das Zimmer verlassen. Wie durch ein Wunder begann Elisabeth schon jetzt, aus der Narkose aufzuwachen. Sie öffnete die Augen ein wenig. Das Baby auf dem Bauch nahm sie noch nicht wahr. Doch dann, plötzlich, war sie ganz wach und sah ihr Kind! Freudentränen rannen ihr übers Gesicht. Sie wollte etwas fragen, brachte jedoch keine Silbe über die Lippen. Die Schwester verstand die nicht ausgesprochene Frage dennoch: „Es ist ein Mädchen", sagte sie. „Lena, meine Lena", flüsterte Elisabeth schwach und die Glücksmomente überwältigten sie.

Diesen Namen hatte sie sicherlich vorher festgelegt. Davon war die Hebamme, sie hieß Anita, überzeugt. Heute war der 10. Mai und etwas Neid kam in Anita auf, wäre sie doch auch zu gerne Mutter geworden. Doch mit den Männern hatte sie bislang kein Glück. Mit ihren 39 Jahren war sie immer noch alleine. Mit Schuld daran war sicherlich auch der unregelmäßige Dienst im Krankenhaus. Die Hoffnung auf eine eigene Familie mit Mann und Kindern hatte sie inzwischen längst aufgegeben.

Elisabeth dachte an ihren Mann. Wann wird er kommen? Sie wollte ihn jetzt ganz schnell an ihrer Seite haben und das Glück mit ihm teilen! Sicherlich, die Geburt war sehr schwierig gewesen. Umso mehr freute Elisabeth sich jetzt mit ihrem gesunden Baby im Arm. Das wollte sie auch ihrem Jakob zeigen.

Wie gerufen, die Tür öffnete sich und Jakob trat herein. Jakob, lieber Jakob, unser Kind. Elisabeth war außer sich vor Freude!

Jakob trat ans Bett, wagte jedoch nicht, sein Kind zu berühren. „Es ist ein Mädchen, unsere Lena." Jakob merkte, wie sehr sich seine Frau ein Mädchen gewünscht hatte.

„Ist das Baby gesund und wie geht es dir?", fragte Jakob. „Ja, es ist gesund und mir geht es ganz gut", antwortete Elisabeth. „Einige Untersuchungen müssen noch gemacht werden. Die Hebamme versicherte mir allerdings, dass alles in Ordnung ist." Jakob blieb eine Stunde bei Elisabeth. Für seine Verhältnisse war das eine erstaunlich lange Zeit. Doch jetzt musste er wieder los, denn er wollte noch vor Sonnenuntergang zu Hause sein. Und Elisabeth war glücklich und wollte jetzt nur noch schlafen. Im nächsten Moment kam auch schon die Hebamme, um das Kind zu holen. Elisabeth fiel sofort in einen tiefen Schlaf. Nach drei Stunden wurde sie wach, es war ca. 21:00 Uhr. Die Schwester brachte Lena. „Hallo, ich heiße Maria", begrüßte sie Elisabeth freundlich, „Ihre kleine Lena hat Hunger." Mit dem Stillen wollte es allerdings nicht sofort klappen. Das Baby wurde ungeduldig und fing an zu weinen.

Elisabeth versuchte sie zu beruhigen. „Kein Grund zur Panik", sagte Maria. „Das wird schon klappen. Genießen Sie erst einmal die Nähe Ihres Kindes."

Elisabeth dachte: „Jetzt bloß nicht verkrampfen, du hast dich doch wochenlang mit der Technik des Stillens beschäftigt." Das hatte seine Gründe. Ihre Cousine Erika konnte nämlich ihr Kind nicht stillen. Zahlreiche kleinere und größere Erkrankungen hatte das Kind danach überstehen müssen. Das wollte Elisabeth auf jeden Fall verhindern. Außerdem hatte man ihr erzählt, dass das Stillen die Beziehung zwischen Mutter und Kind im hohen Maße förderte. Also blieb sie ganz ruhig und versuchte, den Augenblick zu genießen. Lena wurde jetzt ganz still. Elisabeth überprüfte, ob sie überhaupt noch atmete. Doch es war alles in Ordnung.

Sie drehte sich seitlich und versucht es erneut mit dem Stillen. Elisabeth merkte es sofort: Diesmal klappte es! Erleichtert streichelte sie ihrer Tochter über das kleine Köpfchen. Sie fragte sich, woher Lena wohl die vielen dunklen Haare hatte. Sie selber hatte dunkelblondes und ihr Mann helles, lichtes Haar. Elisabeth genoss den Moment des Stillens. Um 23:00 Uhr wurde Lena abgeholt und zur Nacht in ihr kleines Bett gepackt. Elisabeth durchlebte eine unruhige, aber trotzdem schöne Nacht. Immer wieder wurde sie wach, bedingt durch die

Wundschmerzen von der Kaiserschnitt-Operation. Doch dann überwogen die positiven Gefühle. Schließlich hatte sie ein gesundes Kind zur Welt gebracht, das alleine zählt und ließ Elisabeth alle Schmerzen vergessen.

Aber tausend Gedanken schossen ihr durch den Kopf. Wie würde es wohl zu Hause sein? Sie war überzeugt davon, dass Jakob ein guter Vater wird. Er wirkte zwar ab und zu nervös und hektisch, wenn's aber um Kinder ging, war er ein ganz anderer Mensch.

Die Zeit im Krankenhaus wurde für Elisabeth nie langweilig. Sie war so glücklich mit ihrem Baby, und das Stillen klappte immer besser. Jakob kam jeden Tag zu Besuch. Er war meistens um16:00 Uhr da und blieb für eine Stunde. Am dritten Tag konnte Elisabeth ihn sogar dazu bewegen, das Kind an sich zu nehmen. Dabei wirkte Lena noch kleiner und zierlicher. Jakob genoss es offensichtlich, seine Tochter auf dem Arm zu halten. Er machte dabei einen sehr zufriedenen Eindruck. Elisabeth war glücklich und sagte leise: „Ich liebe dich und ich bin so froh, dass wir uns haben. Mit unserer Tochter sind wir jetzt eine richtige Familie." Jakob, sonst eher schüchtern, erwiderte sofort: „Ich liebe dich auch."

Am sechsten Tag konnte Elisabeth das Krankenhaus verlassen. Jakob kam mit der Pferdekutsche. Er hatte sich fein zurechtgemacht. Frisch rasiert und mit dem Sonntagsanzug bekleidet, machte er eine gute Figur. An der Kutsche angekommen, geriet Elisabeth ins Staunen. Jakob hatte auch die Pferde gestriegelt und die Kutsche rausgeputzt. Elisabeth war überzeugt, dass ihre Schwägerin wohl dabei geholfen hatte. Die Fahrt nach Hause war sehr angenehm. Lena schlief und Elisabeth konnte mit ihrem Mann über ihre gemeinsame „Zukunft zu dritt" reden. Kurz bevor sie zu Hause ankamen, sah Elisabeth bei Jakob ein breites Lächeln im Gesicht. Warteten etwa im Haus weitere Überraschungen auf Elisabeth? Und ob! Das Kinderzimmer war liebevoll hergerichtet, an den Fenstern hingen neue Gardinen und eine selbst gezimmerte Wickelkommode stand im Zimmer. Sie fragte Jakob: „Hat deine Schwester Tina dir bei den Vorbereitungen geholfen?" „Ja, das hat sie", gestand Jakob etwas kleinlaut.

Das Verhältnis zu ihrer Schwägerin war nie besonders gut gewesen. Tina gab Elisabeth immer das Gefühl, dass sie ihr den Bruder weggenommen hatte. Sie war zwölf Jahre älter als Jakob, und so war er immer ihr kleiner Bruder geblieben, auf den sie meinte, aufpassen zu müssen.

Elisabeth hatte zunächst Verständnis für Tinas Verhalten gehabt. Doch es besserte sich nicht, und als Tina Elisabeth eines Tages sogar vorwarf, ihren

Bruder unglücklich zu machen, verlangte Elisabeth ein klärendes Gespräch mit Tina. Aber auch bei dieser Unterredung konnten die Damen keine Einigung erzielen. Im Gegenteil: Tinas Vorwürfe vergifteten eine entspannte Unterhaltung. Sie warf Elisabeth vor, nicht richtig kochen zu können und dass sie ihre Hausarbeiten vernachlässige.

Elisabet fragte sich nun: „War Tina etwa eifersüchtig oder konnte sie es nicht verkraften, dass sie mit ihrem Bruder Jakob eine glückliche Ehe führte, während sie nach dem Tod ihres Mannes alleine geblieben war?"

Elisabeth sprach anschließend mit Jakob über das Verhalten seiner Schwester. Jakob hatte die Störungen der beiden Damen seit längerem bemerkt, bat Elisabeth jetzt jedoch um etwas Geduld, weil er der Meinung war, dass sich das Verhältnis mit der Zeit normalisieren würde. Vorerst entstand jedoch eine Sendepause zwischen den Damen, während Jakob das Verhältnis zu seiner Schwester aufrecht erhielt.

Es nahte Weihnachten und Elisabeth freute sich riesig auf das Fest. Den von Jakob gebauten künstlichen Weihnachtsbaum schmückte sie liebevoll mit dem Schmuck, den sie von ihren Eltern geerbt hatte. Dazu zählten rote Kugeln, Holzfiguren und Lametta. Elisabeth bat Jakob, Tina am ersten

Weihnachtstag zum Essen einzuladen. Als sie jedoch auch diese Einladung ausschlug, war für Elisabeth klar, dass Tina nicht mehr an einer guten Beziehung zu ihr interessiert war.

Dass Tina allerdings Kinder über alles liebte, war ein offenes Geheimnis. Aber durch einen herben Schicksalsschlag hatte sich ihr Kinderwunsch nicht erfüllt, denn ihr Mann war durch einen schweren Motorradunfall viel zu früh ums Leben gekommen. Tina wurde dadurch sehr verbittert und war auch nie wieder bereit, eine neue Liebe einzugehen. Mit ihren 47 Jahren hätte sie sicherlich durchaus die Möglichkeit, noch einmal einen neuen Mann fürs Leben kennen zu lernen. Das Thema eigene Kinder war für sie jedoch endgültig tabu. Sie lebte seit dem Tod ihres Mannes alleine in ihrem Haus.
Lena wurde wach und fing an zu weinen. Sie musste gestillt werden. Mit dem Kind auf dem Arm setzte Elisabeth sich auf den neu angefertigten Stuhl im Kinderzimmer. Jakob guckte einen Moment zu, wie Elisabeth die kleine Lena an die Brust legte und stellte erfreut fest, dass sein kleines Mädchen einen ordentlichen Appetit an den Tag legte. „Was für ein schöner friedlicher Anblick", dachte Jakob so für sich. Dann ging er nach draußen und kümmerte sich um die Pferde. Nach dem Ausspannen schickte er sie

auf die Weide. Danach ging er in die Küche, um das Essen zu erwärmen. Es war eine kräftige Borschtsch-Suppe, die er zusammen mit seiner Schwester zubereitet hatte. Dazu gab es gebackene Hefeschleifen.

Als Elisabeth mit dem Stillen fertig war, wickelte sie das Baby. In diesem Moment kam ihre Schwägerin ins Zimmer. Sie umarmte Elisabeth herzlich. Elisabeth war gerührt und bemerkte, dass Tina sich verändert hatte. Noch bevor sie etwas sagen konnte, nahm Tina das Kind an sich und streichelte es zärtlich über die kleinen Wangen. „Es ist so ein süßes Kind! Liebe Elisabeth, ich wünsche euch ganz viel Glück und Freude mit der kleinen Lena und ich verspreche, dass ich mich gerne darum kümmern werde, damit sich unser Verhältnis zukünftig bessern wird." „Danke, Tina", sagte Elisabeth, „das ist auch mein großerWunsch." Sie legten Lena ins Bett und schauten zu, bis sie eingeschlafen war. Danach gingen sie in die Küche, wo Jakob bereits mit der heißen Suppe wartete. „Danke, Jakob, dass du meine Lieblingssuppe gekocht hast. Und dazu die leckeren Hefeschleifen." Elisabeth freute sich aufrichtig, denn nach der recht eintönigen Verpflegung im Krankenhaus schmeckte ihr die von Jakob deftig zubereitete Suppe einfach köstlich. Elisabeth war von Jakobs Kochkünsten total überrascht und dachte insgeheim, dass sie die Suppe nicht hätte besser kochen können. Nach dem Essen spülte Tina das Geschirr und verabschiedete sich mit den Worten: „Ihr habt euch sicherlich viel zu erzählen, aber morgen komme ich gern wieder, um Elisabeth zu helfen."

Tina war kaum weg, da sagte Jakob: „Wie du sicherlich bemerkt hast, haben Tina und ich uns ausgesprochen. Wir sind überzeugt, dass sich unser Verhältnis in Zukunft bessern wird. Tina hat mir beim Einrichten des Kinderzimmers tatkräftig geholfen. Ich bin richtig froh, dass wir uns jetzt wieder gut verstehen." Elisabeth verspürte ein Gefühl der Erleichterung und sagte: „Ich freue mich auch sehr über diese positive Entwicklung."

Lena entwickelte sich prächtig. Sie trank genügend Muttermilch und sah rundum gesund aus. So wurden die Nächte für Elisabeth nach und nach immer angenehmer. Lena machte sich in den ersten Nächten spätestens nach zwei Stunden bemerkbar, jetzt, mit knapp vier Wochen, schlief sie schon bis zu vier Stunden am Stück.

Tina kam jeden Morgen, um die Kühe zu melken und die Tiere zu versorgen. Auch Hans kam, so oft er konnte, um Jakob zu unterstützen. Allmählich bekam Elisabeth ein schlechtes Gewissen. Sie wollte einfach wieder mehr mithelfen und Tina nicht alleine die viele Arbeit überlassen. Elisabeth sprach mit Jakob darüber, doch der sah die Sache ganz anders. Er war froh, dass seine Schwester da war! „Sie macht die Arbeit doch gerne", meinte er.

Elisabeth wusste, dass er Recht hatte. Doch nach einer weiteren Woche der Untätigkeit hielt es Elisabeth nicht mehr aus. Sie stand früh auf, zog sich ihre Arbeitskleidung an und ging in den Stall, denn Lena schlief tief und fest. Elisabeth war gerade bei den Kühen angekommen, da hörte sie die Rufe ihres Mannes. Schnell eilte sie zurück ins Haus. Lena war aufgewacht. Alles Trösten und Beschwichtigen von Jakob war vergebliche Mühe. Das Baby hatte Hunger und wollte gestillt werden und das konnte Jakob nun mal nicht leisten. Nach dem Stillen ging Elisabeth zu Jakob in die Küche. Jakob machte einen unzufriedenen Eindruck und sagte: „Elisabeth, ich muss jetzt raus aufs Feld, aber können wir uns heute Abend zusammensetzen und die weitere Arbeitsteilung besprechen? Ich kann verstehen, dass du einige Arbeiten wieder selbst übernehmen möchtest, jedoch finde ich, dass es dazu noch zu früh ist. Lena braucht dich doch, und Tina hilft uns gern und wird enttäuscht sein, wenn du ihre Hilfsbereitschaft ignorierst." „Entschuldige Jakob", sagte Elisabeth, „ich war wohl etwas zu voreilig. Lena bringe ich heute Abend so rechtzeitig ins Bett, dass wir die derzeitige Situation in Ruhe besprechen können."

Jakob kam an diesem Tag tatsächlich früher nach Hause. Elisabeth wartete schon mit dem Abendbrot auf ihn. Sie freute sich riesig auf diesen Abend. Nachdem sie das Kind zu Bett gebracht hatte, gönnte sie sich ein warmes Bad. Auch Jakob genoss die warme Dusche nach dem Essen. Danach setzten sie sich in die Küche. Doch Elisabeth hatte jetzt so gar kein Bedürfnis nach einem Gespräch. Sie hatte schon ihr feinstes Nachthemd an, umarmte Jakob und gab ihm einen Kuss. Ein tiefes Verlangen nach Zärtlichkeit kam in ihr hoch. Jakob schaute auf die Rundungen von Elisabeths Körper, die sich ihm unter dem fast durchsichtigen Nachthemd offenbarten. Erfreut stellte er fest, dass Elisabeth inzwischen ja fast wieder ihre alte, schlanke Figur zurückgewonnen hat. Jakob erwiderte Elisabeths Gefühle, er zog sie an sich und küsste sie leidenschaftlich und lange. Dann schnappte er sich Elisabeth und trug sie ins Schlafzimmer. Er legte sie auf das große Bett und entledigte sich seiner Hose. Eng umschlungen lagen sie auf dem großen Bett und Jakob konnte endlich seinen Gefühlen wieder freien Lauf lassen und musste sich nicht mehr zurückhalten. Er liebkoste Elisabeth am ganzen Körper, bis sie ihm zeigte, dass jetzt der richtige

Zeitpunkt war. Auch Elisabeth genoss diesen wunderbaren Augenblick des Liebesspiels, denn so lange sie stillte, konnte sie sich unbeschwert hingeben, weil sie glaubte, vor einer erneuten Schwangerschaft geschützt zu sein. Befreit lachten und scherzten sie und vergaßen in diesem Moment alle Probleme. Nach einer Weile und etlichen weiteren Küssen, mit der Jakob seiner Frau seine Dankbarkeit für die geliebte kleine Tochter zum Ausdruck brachte, siegte die Müdigkeit und Elisabeth und Jakob versanken eng aneinander gekuschelt in einen tiefen Schlaf.

Nach einem glücklich und harmonisch verlaufenden Monat fiel Elisabeth erstmalig ein ständiges Hüsteln ihres Mannes auf. Immer wieder stieß Jakob einen merkwürdigen Husten aus, den Elisabeth so noch nie von ihm gehört hatte. „Jakob", fragte Elisabeth deshalb besorgt, „bist du etwa krank? Ich habe in letzter Zeit immer häufiger deinen Husten vernommen. Das hört sich aber gar nicht gut an." Doch Jakob winkte ab und wollte bei seiner Buchlektüre nicht gestört werden. Und über Krankheiten wollte er im Moment sowieso nicht reden. Elisabeth dachte sich zunächst nichts dabei und ging in die Küche, um das Geschirr vom Abendbrot wegzuräumen. Später, bevor Jakob wieder zu Bett ging, musste er noch einmal ins Badezimmer. Dort bekam er einen heftigen Hustenanfall. Elisabeth eilte zu ihm und verlangte, dass er jetzt mit ihr über seinen permanenten Hustenreiz spricht. Da ließ Jakob sich erweichen und sagte: „Elisabeth, nachdem ich dich ins Krankenhaus gebracht habe, fing es an mit meinem Husten. Es war teilweise so schlimm, dass ich kaum Luft bekommen habe. Ich wollte eigentlich nicht, dass du davon erfährst, ich spüre jedoch, dass mit meiner Lunge etwas nicht stimmt." Elisabeth wurde ganz blass. Angst stieg in ihr hoch. Sollte ihr Mann wirklich schwer erkrankt sein?

„Jakob, sag mir doch bitte, wenn es dir nicht gut geht. Du darfst in deinem Zustand augenblicklich nicht mehr so schwere Arbeiten verrichten", bat Elisabeth. „Aber die Arbeit muss doch gemacht werden, und ich will dich nicht mit meiner Krankheit belasten. Du brauchst doch deine ganze Kraft für unsere kleine Lena", entgegnete Jakob unwirsch. Elisabeth fühlte sich so hilflos wie schon lange nicht mehr. Es war noch früh am Abend, als Jakob zu Bett ging. Elisabeth verharrte im Schlafzimmer, bis Jakob eingeschlafen war. Dann ging sie in die Küche und überlegte, wie sie im Ernstfall Hilfe holen konnte. Ein Telefon gab es in ihrem Haus ja nicht.

Ihre Schwägerin Tina wohnte nur 10 Minuten Fußweg entfernt. Elisabeth zog sich eine dünne Jacke über und eilte entschlossen zu ihr. Tina schien schon zu schlafen, denn es dauerte sehr lange, bis sie die Tür öffnete. „Elisabeth, was ist mit eurem Kind?", kam es Tina sofort über ihre Lippen. „Es geht nicht um Lena, Jakob ist krank", entgegnete Elisabeth. „Mein Bruder Jakob, was hat er?", fragte Tina ungläubig. Elisabeth berichtete Tina aufgeregt von den Hustenanfällen. Sofort zog Tina sich ihren Mantel an, und gemeinsam gingen sie schnell zurück zum Haus von Elisabeth.

Jakobs Zustand hatte sich merklich verschlechtert. Ausgerechnet jetzt weinte Lena bitterlich. „Geh du zu deiner Tochter, ich sehe nach Jakob", schlug Tina vor. Sie merkte es sofort. Jakob hatte hohes Fieber. Sie eilte ins Badezimmer und kam mit zwei nassen Tüchern zurück. Die wickelte sie um Jakobs Waden. Der wurde jetzt wach und blickte Tina mit traurigen Augen an und murmelte: „Danke, Tina, dass du gekommen bist. Ich glaube, ich muss bald sterben."

„Bitte, Jakob, das darfst du nicht denken. Wir tun alles, was in unserer Macht steht, um dir zu helfen." Nachdem Elisabeth die Kleine gestillt hatte, eilte sie sofort ins Schlafzimmer zu Tina und Jakob. Tinas Versuche, das Fieber bei Jakob zu senken, waren bisher ohne Erfolg. Doch plötzlich wurde Jakob ruhiger. Auch der Hustenreiz war nicht mehr so intensiv, und er konnte nach einiger Zeit tatsächlich einschlafen. Elisabeth und Tina gingen Hand in Hand in die Küche. Bei einer Tasse Tee grübelten beide über eine mögliche Krankheitsursache nach. Elisabeth fiel ein, dass ihr Mann schon vor längerer Zeit Probleme mit der Lunge gehabt hatte. Deswegen hatte er auch mit dem Rauchen aufgehört. Durch die verabreichten Medikamente und regelmäßigen Kontrollen beim Arzt waren aber seit Jahren keine Probleme mehr aufgetreten. Laut fragte Elisabeth: „Kann es sein, dass mein Mann heimlich weiter geraucht hat?" Elisabeth schämte sich fast für diese Frage. Doch Tina stand ihrem Bruder zur Seite, indem sie sofort entgegnete: „Wir dürfen Jakob jetzt nicht Unrecht tun. Er hat vor Jahren mit dem Rauchen aufgehört. Ich kann es mir nicht vorstellen, dass er heimlich geraucht hat. Eine geschädigte Lunge kann auch nach Jahren wieder zu Problemen führen. Wir warten ab, was der Arzt morgen sagt." Elisabeth merkte, dass Tina ihren Bruder immer noch sehr in Schutz nahm. Genau das Verhalten hatte vor Jahren zu einem Zerwürfnis zwischen den beiden Frauen geführt. Sie nickte und sagte: „Ja, wir warten." Tina verabschiedete sich und versprach, am nächsten Morgen rasch wieder da zu sein. Jakob schlief drei Stunden. Elisabeth schlief in einem Sessel im Nebenzimmer und wurde von seinem Husten geweckt. Sofort war sie bei ihm, und es schien, als ob sich das Fieber gesenkt hätte. Trinken wollte Jakob nicht. Elisabeth befeuchtete ein Tuch und strich damit über seine Lippen. Es tat ihm gut, denn er öffnete jetzt seine Augen und flüsterte: „Danke."

Tina war um 8:00 Uhr bereits wieder bei Elisabeth und fragte: „Darf ich zu meinem Bruder? Ich habe Hans beauftragt, den Arzt zu informieren."

Der Doktor kam um 9:00 Uhr. Er kannte Jakobs Vorgeschichte. Nach der Untersuchung ordnete er an, Jakob umgehend ins Krankenhaus zu bringen.

Hans übernahm bereitwillig den Transport, und die weiteren Untersuchungen ergaben, dass Jakob an einer akuten Lungenentzündung leidet. Der Arzt versicherte Elisabeth, dass so etwas immer mal wieder vorkommt. „Eine geschädigte Lunge ist immer ein Risiko", sagte er. Tina guckte Elisabeth an, als wollte sie sagen: „Das habe ich dir doch gleich gesagt."

Jakob musste 14 Tage im Krankenhaus bleiben. Täglich besuchte Elisabeth ihn. Die Hilfsbereitschaft von Hans war vorbildlich. Es war kein Problem für ihn, die Pferde vor den Wagen zu spannen und mit Elisabeth ins Krankenhaus zu fahren. Auch alle Arbeiten auf dem Hof erledigte er während der Zeit.

Jakob war froh, als er nach zwei Wochen wieder zu Hause war. Er hatte sich erstaunlich schnell erholt und genoss jetzt die Zeit mit seiner Frau und der kleinen Tochter viel bewusster. Er konnte schon bald wieder längere Spaziergänge mit seiner Familie machen. Und Elisabeth war glücklich darüber.

Zwei Monate nach der Entlassung ging es Jakob so gut, dass er an einem Sonntag die drei Kilometer zum nächsten Dorf zu Fuß bewältigen wollte. Tina gesellte sich auch dazu, und die kleine Lena wurde im Wechsel von der Mutter und der Tante getragen. Der Hinweg war kein Problem für Jakob. Doch auf dem Rückweg wurde er schwächer und musste immer wieder kurze Pausen einlegen. Alle waren froh, als sie endlich zu Hause ankamen.

Nach dem Abendessen fühlte Jakob sich müde und meinte, er hätte sich jetzt eine Stunde Ruhe in seinem Liegestuhl verdient. Elisabeth hatte nichts dagegen. Sie brachte Lena ins Bett und setzte sich zu ihrem Mann. Jakob klappte den Roman zu und schlug vor, heute etwas früher schlafen zu gehen.

Elisabeth war erfreut, denn auch sie hatte von dem langen Marsch müde Beine. Elisabeth kuschelte sich im Bett ganz dicht an Jakob, der war von der Anstrengung allerdings so erschöpft, dass er innerhalb kürzester Zeit einschlief und die liebevollen Worte, die ihm Elisabeth zuflüsterte, nicht mehr hörte. Ungute Ahnungen kamen in Elisabeth hoch, denn sie konnte sich ein Leben ohne Jakob nicht vorstellen. Sie fragte sich, ob der lange Spaziergang wohl zu anstrengend für Jakob gewesen war? Klar, er wollte es unbedingt, aber hätte sie es nicht verhindern sollen? Sie machte sich Vorwürfe.

Nach zwei Stunden meldete sich Lena. Elisabeth eilte sofort zu ihr, um sie zu stillen. Jakob sollte auf keinen Fall wach werden, denn er brauchte den Schlaf jetzt sehr nötig. Als Elisabeth zurück ins Schlafzimmer kam, erkannte sie sofort, dass es Jakob nicht gut ging. Er keuchte und hatte Probleme beim Atmen. Auch sein Magen rebellierte. Elisabeth durchfuhr es wie ein Schock. Sie wirkte beruhigend auf ihn ein, indem sie sagte: „Der Spaziergang war wohl doch etwas zu lang für dich. Sicherlich geht es dir gleich wieder besser. Ich hole ein Glas Wasser. Das hilft bestimmt!" Doch Jakobs Zustand verbesserte sich nicht. Ganz im Gegenteil: Husten und Atemnot verstärkten sich, und Elisabeth erkannte, dass sie dringend Hilfe brauchte. Fast unbewusst zog sie sich eine Jacke an und lief zu ihrer Schwägerin. Tina wurde von Elisabeth hastig über den bedrohlichen Zustand ihres Bruders informiert, und in Windeseile waren sie zurück bei Jakob am Bett. Jakob krümmte sich vor Schmerzen und rang nach Luft wie ein Fisch auf dem

Trockenen. Dann, nach einem heftigen Hustenanfall, wurde es plötzlich ganz still im Zimmer. Elisabeth guckte Tina verzweifelt an. Eine furchtbare Ahnung erfasste die beiden Frauen. Jakob atmete nicht mehr. Elisabeth verlor den Boden unter ihren Füßen. Sie schwankte, dann stürzte sie sich auf Jakob, fing hemmungslos an zu weinen und schluchzte: „Jakob, Jakob, bitte bleib bei uns, wir brauchen dich doch so sehr …"

Ungläubig wandte sie sich dann an Tina, die sie wortlos in ihre Arme schloss. Beide Frauen waren völlig fassungslos! Elisabeth taumelte jetzt zur Ecke und setzte sich auf einen Stuhl und vergrub ihr Gesicht in beiden Händen. Tina aber schlich sich ganz vorsichtig ans Bett zu ihrem verstorbenen Bruder, so als wollte sie ein schlafendes Kind nicht wecken. Nein, es gab keinen Zweifel, ihr Bruder Jakob war tot.

Dann ging sie zu Elisabeth und nahm sie wieder in den Arm. Sie gingen sprachlos gemeinsam in die Küche und setzten sie sich auf die Eckbank. Nach einiger Zeit setzte Tina das Wasser für den Tee auf. Als der Tee zubereitet war, sagte Tina: „Liebe Elisabeth, was passiert ist, trifft dich sehr hart, aber du kannst dich stets auf meine Hilfe verlassen. Auch ich leide unter dem Verlust meines Bruders, sicherlich. Doch für dich ist es umso schlimmer, du hast doch jetzt auch ein Kind zu versorgen. Ich werde dich in jeder Beziehung unterstützen und jederzeit für dich da sein." Elisabeth war weder in der Lage, einen klaren Gedanken zu fassen noch irgendetwas zu sagen. Sie nahm nur Tinas rechte Hand und drückte sie ganz fest. Es war inzwischen 3:00 Uhr morgens geworden. Tina blieb bei ihrer Schwägerin und leistete ihr Beistand so gut sie konnte.

Am frühen Morgen schickte Elisabeth Hans zum Krankenhaus. Er sollte den Arzt von Jakobs Tod informieren. Der Arzt kam daraufhin unverzüglich mit seinem Auto vorgefahren, stellte die Todesursache fest und veranlasste die notwendigen Formalitäten. Er tröstete Elisabeth mit dem Hinweis, dass ihrem Mann ein qualvolles langes Leiden erspart blieb. Tina hatte inzwischen auch den Pastor informiert. „Der Pastor kommt gleich", sagte Tina zu Elisabeth. Auch der Pastor sprach tröstende Worte zu Elisabeth und hob besonders hervor, dass Jakob ein sehr liebenswerter und ehrlicher Mensch gewesen sei.

Elisabeths Mann Jakob wurde noch am selben Tag am späten Nachmittag beerdigt.

Elisabeth zieht um

Nach Jakobs Tod schien das Leben für Elisabeth zunächst sinnlos. Sie hatte ihren Lebensmut verloren, und auch lange Gespräche mit dem Pastor wollten nicht zum Erfolg führen. Täglich kam Tina, um sie zu trösten und aufzumuntern. Weitere Gespräche mit dem Pastor brachten dann allerdings erste Erfolge. Nach und nach war Elisabeth bereit, über ihre Situation zu sprechen und sich bewusst zu werden, dass sie nun alle Entscheidungen selbst zu treffen hatte. Das Gut konnte sie so nicht weiterführen. Um das Land, das bisher ihr Mann bewirtschaftet hatte, halten zu können, brauchte sie natürlich männliche Hilfe. Ob Hans dafür der richtige Mann war, konnte sie im Moment noch nicht abschließend beurteilen. Mit seinen 20 Jahren schien er Elisabeth zu unerfahren. Elisabeth dachte über einen Verkauf des Bauernhofes nach. Ein Gespräch mit Tina sollte hier Klarheit bringen. Tatsächlich war Tina auch der Meinung, dass ein Verkauf die beste Lösung sei, und schlug vor, dass Elisabeth anschließend mit der Tochter zu ihr zieht.

Sie schwärmte: „Ich kann dir bei deinen täglichen Aufgaben behilflich sein. Außerdem haben wir Hans, den wir jederzeit um Rat fragen können, wenn es um Angelegenheiten, die den Hof betreffen, geht." Auch Tina hatte nach dem Tod ihres Mannes alles, bis auf das Haus und ein paar Hektar Land, verkauft.

Nach einer kurzen Überlegungsphase erkannte Elisabeth, dass Tinas Vorschlag für das weitere Leben nur vorteilhaft sein würde, und erklärte sich mit einem Verkauf einverstanden. Ein Käufer war schnell gefunden. Ein weitläufiger Verwandter von Tina war froh, die Wirtschaft übernehmen zu können. Jakob war ein fleißiger und gewissenhafter Landwirt gewesen und entsprechend gut war die Wirtschaft in Schuss. Man einigte sich auf einen fairen Preis. Eine Kommission des Dorfes begleitete den Verkauf.

Elisabeth schmerzte der Verkauf unendlich. So viel Arbeit und Mühe, die sie in die Wirtschaft gesteckt hatten, war nun mit einem Schlag dahin! Dabei hatten sie und Jakob immer zusammengehalten. Doch sie verspürte auch eine gewisse Erleichterung. Eine schwere Last war dadurch von ihr genommen, und mit dem Geld konnte sie ihren weiteren Lebensunterhalt erst einmal sorgenfrei bestreiten.

Wie vereinbart, zog sie mit Lena zu ihrer Schwägerin. Die war überglücklich, denn ab sofort war sie nicht mehr alleine in ihrem großen Haus. Tina hatte noch ein paar Schweine im Stall. Auch Hühner und Enten waren auf dem Hof und nebenan

auf der Weide graste ein kleines, schwarzes Pony.
Die anfallenden Arbeiten erledigten die beiden
Damen nun gemeinsam. Bei Bedarf holten sie Hans,
der immer bereit war zu helfen. Das Geld konnte er
gut gebrauchen, lebte er doch mit seiner Mutter in
ärmlichen Verhältnissen.

Lena entwickelte sich gut, und nach sechs Monaten
hörte Elisabeth auf, sie zu stillen. Nun witterte Tina
ihre Chance, bei der kleinen Lena etwas mehr
Einfluss zu gewinnen. Sie war so verliebt in das
Kind, dass sie es am liebsten alleine versorgt hätte.
Jetzt, da es nicht mehr gestillt werden musste, war es
nicht mehr so eng an die Mutter gebunden. Tina
konnte sich jetzt ebenfalls um das leibliche Wohl des
Kindes kümmern. Elisabeth sah es mit einem
lachenden und einem weinenden Auge. Sie hatte
nach dem Tod ihres Mannes eine sehr starke
Bindung zu ihrem Kind entwickelt und wollte sich
ihr Kind auf keinen Fall abspenstig machen lassen.
So wurden normale Verhaltensweisen des Kindes
jetzt zum Problem für sie. Selbst wenn Lena ihre
Tante Tina anlächelte, wurde sie eifersüchtig. Um
das abzustellen, musste sie an sich arbeiten. Dessen
war sie sich bewusst. Doch es fiel ihr schwer, denn
immer wieder verlor sie die Kontrolle über sich, und
durch unangebrachte Eifersüchteleien erhöhte sich
das Konfliktpotenzial zwischen ihr und ihrer

Schwägerin. Tina hatte zwar Verständnis für Elisabeths Einstellung und versuchte ruhig zu bleiben, doch als die Situation zu eskalieren drohte, fanden sie erst nach einem klärenden Gespräch wieder zurück zum normalen freundlichen Umgangston.

Lena fing an nun zu krabbeln an und wurde richtig lebendig. Mit acht Monaten zog sie sich an Tischen und anderen Gegenständen hoch und brauchte deshalb noch mehr Aufmerksamkeit, weil sie jetzt auch alle erreichbaren Gegenstände begreifen wollte. Kurz nach ihrem ersten Geburtstag konnte sie bereits einige Schritte laufen. Elisabeth fühlte sich allerdings allein mit der Beaufsichtigung ihrer Tochter nicht ausgelastet, sie wollte neben der Erziehung ihres Kindes auch noch etwas Sinnvolles für ihr eigenes Leben tun.

Nach Lenas drittem Geburtstag bewarb sich Elisabeth im Altenheim, das nur wenige hundert Meter von ihrem Hause entfernt war. Obwohl sie nach dem Verkauf ihrer Wirtschaft finanziell unabhängig war, brauchte sie jetzt unbedingt neue Aufgaben. Tatsächlich konnte sie dort sofort anfangen. Täglich arbeitete sie in dem Heim vier Stunden, und die Arbeit machte ihre viel Freude. Sie gewann ein Stück Lebensmut zurück. An den Wochenenden hatte sie frei und dadurch auch genügend viel Zeit für ihr Kind. Doch dann kamen bei ihr erste Zweifel auf. War es richtig, die Arbeit anzunehmen? Konnte sie es ihrer kleinen Tochter zumuten, täglich einige Stunden auf sie zu verzichten? Nach dem Verlust ihres Mannes, war doch genau das ihr Problem, die Angst, auch ihr Kind zu verlieren, obwohl sie sah, dass Tina sich rührend um die Kleine kümmerte.

Lena wurde immer größer und kesser. Jetzt, mit über drei Jahren machte sie die ersten Unternehmungen mit Tina. Besonders glücklich war sie, wenn sie bei dem kleinen Pony verweilten. Tina holte Hans eines Tages dazu. Sie wollte, dass Lena einmal auf dem Pony reitet. Zugeritten war es, das wusste sie. Lena hatte erst Angst, doch, dann war sie bereit, auf dem Pony zu sitzen. Hans befahl dem Pony, es hieß Locke, einige Schritte zu gehen. Schon bald wurden einige Runden gedreht und Lena hatte merklich Spaß an der Sache.

Lena sprach für ihr Alter bereits recht gut, denn ihre Tante Tina hatte viel dazu beigetragen, dass sie so früh einen erstaunlich breiten Wortschatz besaß. Lena konnte es heute kaum abwarten, bis ihre Mutter nach Hause kam. „Hallo Mama, ich kann schon reiten. Tante Tina und Hans waren mit mir bei Locke. Ich möchte morgen wieder auf Locke reiten." Elisabeth bekam ein ungutes Gefühl. War es nicht viel zu gefährlich, ein Kind mit drei Jahren auf ein Pferd zu setzen? Hätte Tina nicht vorher wenigstens fragen können, ob sie es erlaubt.

Das sagte sie dann Tina auch genauso. „Aber Elisabeth", antwortete Tina, „es ist doch kein Pferd, sondern nur ein kleines Pony, auf dem deine Tochter gesessen hat. Hans war außerdem dabei und hat sie festgehalten."

„Du hättest mich trotzdem vorher mal fragen können, ob ich damit einverstanden bin." Um des lieben Friedens Willen antwortete Tina: „Du hast ja recht. Ich hätte dich fragen müssen."

Das arme Kind wusste nicht, wie ihm geschah. Sie hatte den Streit zwischen den Frauen mitgehört. „Mama, was ist passiert? Darf ich nicht mehr mit Tante Tina zum Reiten?" Dann lief sie in die Küche und weinte bitterlich.

Elisabeth folgte ihr und versuchte sie zu trösten. „Sieh mal, liebes Kind, ich möchte nicht, dass dir etwas zustößt, während ich bei der Arbeit bin."

„Weiß Tante Tina das nicht, Mama?", fragte Lena. „Doch, doch Lena, das weiß Tante Tina und sie passt auch sehr gut auf dich auf. Komm mal in meine Arme. Ich habe dich doch noch gar nicht richtig begrüßt."

Lena folgte der Aufforderung. Während Elisabeth sie fest in ihren Händen hielt, spürte sie, wie wichtig das Kind für sie war. Für ihr Verhalten vorhin, wollte sie sich bei Tina entschuldigen. Lena fragte sofort: „Was hast du, Mami? War es so schlimm, dass ich bei Locke war?"

Elisabeth war es peinlich und sie sagte leise zu Lena: „Entschuldige Lena, Tante Tina hat alles gut gemacht. Ich habe mich falsch verhalten."

„Mami, erwiderte Lena, „ich habe dich lieb." „Ich habe dich auch ganz toll lieb. Wollen wir am Sonntag zum Fluss fahren? Dort kannst du planschen und vielleicht auch mal einen großen Fisch sehen."

„Ja", sprudelte es aus Lena heraus. „Tante Tina soll auch mitfahren." Genau das hatte Elisabeth jedoch nicht vor! Sie wollte mit ihrer Tochter mal ganz alleine etwas unternehmen.

„Sieh mal Lena, wir können doch auch alleine zum Fluss fahren. Tante Tina kann in der Zeit ein schönes Essen zubereiten, und wenn wir nach Hause kommen, werden wir ganz lecker essen, zum Beispiel Spaghetti. Die macht deine Tante doch immer so gut."

„Ich will aber, dass Tante Tina mitfährt."

„Lena, das heißt ich möchte und nicht ich will", fuhr es aus Elisabeth heraus. Sie unterbrach die Unterhaltung und versprach: „Wir sprechen mit deiner Tante. Jetzt wollen wir jedoch zum Essen gehen. Es gibt bestimmt wieder etwas ganz Tolles." „Ja, es gibt Lasagne und ich habe dabei geholfen."

„Dann aber schnell die Hände waschen und an den Tisch mit dir." Mutter und Tochter waren wieder zufrieden.

Die Lasagne schmeckte köstlich, und Elisabeth genoss sie nach ihrem anstrengenden Arbeitstag. Sie merkte, dass sie Tina mit ihrem Verhalten vorhin verletzt hatte. Aber das Thema sollte nicht noch einmal in der Gegenwart des Kindes angeschnitten werden. Am Abend, bei einer heißen Tasse Tee, wollten sie darüber sprechen.

Lena war nach dem aufregenden Tag bereits um 19:30 Uhr reif fürs Bett. Nach einer kurzen Geschichte drückte Elisabeth ihr einen dicken Kuss auf die Wange und löschte das Licht. Tina wartete in der Küche. Der Tee war bereits aufgegossen. Zum Abend tranken sie beide gerne Kamillentee.

Tina begann mit der Diskussion. „Wir müssen uns einfach mehr zusammenreißen, Elisabeth. Solche Gespräche, wie vorhin, sollten wir nicht in Gegenwart von Lena führen."

„Ich weiß", antwortete Elisabeth. „Die Vorwürfe sind einfach so aus mir herausgesprudelt. Ich wollte dich nicht kritisieren oder dir wehtun. Und doch habe ich es gemacht. Verzeih mir bitte! Weißt du,

Tina, ich komme mit dem Tod von Jakob immer noch nicht klar. Umso mehr klammere ich mich an meine Tochter. Ich habe furchtbare Angst, sie auch noch zu verlieren. Du glaubst gar nicht, wie hilflos ich mich manchmal fühle."

„Doch, das verstehe ich sogar sehr gut", antwortete Tina. „Auch ich war jahrelang wie gelähmt nach dem Tode meines Mannes. Einen geliebten Menschen zu verlieren, ist für uns alle sehr schwer. Ich habe erst nach der Geburt eurer Tochter wieder Lebensmut geschöpft und bin seitdem viel zufriedener. Die Hilfe, die ich euch geben kann, ist für mich sehr wichtig. Trotzdem mache ich mir innerlich immer wieder Vorwürfe. Ich möchte dein Kind nicht zu sehr an mich binden." „Es ist richtig gut, wie du dich um Lena kümmerst. Erst dadurch habe ich ja die Möglichkeit, arbeiten zu gehen. Anderen Menschen zu helfen, ist für mich auch sehr wichtig."

Tina verstand Elisabeth sehr gut. Sie merkte, dass sie etwas bedrückte. Doch danach wollte sie jetzt nicht fragen. Sie tranken ihren Tee und wünschten sich danach gegenseitig eine gute Nacht. Am Sonntag beim Frühstücken erzählte Elisabeth ihrer Schwägerin von ihrem Vorhaben. „Ja prima", sagte Tina und war sofort Feuer und Flamme. Sie hatte sich schon lange vorgenommen, mit Lena zum Fluss zu fahren. „Wir nehmen mein Auto. Dem tut es bestimmt gut. Ich bin in letzter Zeit nur wenige Kilometer damit gefahren." „Ich wollte allerdings mit meiner Tochter alleine zum Fluss", gestand Elisabeth. „Mit dem Bus sind wir zwar viel länger unterwegs als mit dem Auto, aber das schaffen wir schon", beendete Elisabeth die Diskussion.

Tina war über die Ablehnung ihres Vorschlags enttäuscht, aber Lena mischte sich jetzt ein. Sie freute sich auf eine Autofahrt mit ihrer Tante, also sollte Tante Tina auch mitkommen. Elisabeth hatte sich vorgenommen, keine Auseinandersetzungen mehr mit ihrer Schwägerin in Lenas Gegenwart zu führen, deshalb war sie   letztendlich einverstanden. Also packten sie nach dem Frühstück ihre Badesachen und es ging los. Lena war überglücklich vor Freude. Zunächst mussten sie zur Tankstelle. Elisabeth bestand darauf, dass sie die Tankrechnung bezahlt, und nach 30 Minuten Fahrtzeit hatten sie ihr Ziel erreicht.

Lena war begeistert! Sie hatte sich so darauf gefreut, den großen Fluss zu sehen. Immer wieder stellte sie Fragen: „Woher kommt der Fluss und wohin fließt das Wasser?" Elisabeth erklärte ihr die Entstehung eines Flusses und wo er höchstwahrscheinlich endet. Tina nahm ihren mitgebrachten Hocker und setzte sich unter einen Baum. Sie genoss den Schatten und die angenehme Luft. Elisabeth schlenderte mit ihrer Tochter am Ufer entlang. Sie suchten nach kleinen Steinen. Lena wurde tatsächlich fündig und bat ihre Mutter, die Steine in die Tasche zu stecken. Nach einer Stunde legten sie eine kleine Pause ein und setzten sich zu Tina in den Schatten. Im Schatten war es jetzt sehr angenehm, denn Ende Mai hatte die Sonne immer noch viel Kraft.

Elisabeth fiel auf, dass Lena sich meistens an Tina wandte, wenn sie etwas wissen wollte. Das gefiel ihr nicht, denn schließlich war sie doch die Mutter! Und wieder stieg ein Unbehagen in ihr hoch. Das blieb Tina nicht verborgen, die sich daraufhin entschied, alleine einen Spaziergang zu machen. Als Tina gegangen war, nahm Elisabeth ihre Tochter in ihre Arme und drückte sie ganz fest an sich. „Bist du traurig, Mami", fragte Lena. „Es ist doch so schön hier."

„Plötzlich fragte Lena: „Mami, wieso habe ich keinen Papi, so wie die anderen Kinder im Kindergarten?" Elisabeth merkte, dass sie mit ihrer Tochter über den plötzlichen Tod ihres Mannes sprechen musste! „Liebe Lena, dein Vater ist kurz nach deiner Geburt an einer schweren Krankheit gestorben. Er ist jetzt im Himmel und kann bestimmt sehen, was du für ein braves Mädchen bist!"

„Ist es denn meine Schuld, dass Papi gestorben ist,

und was ist eine schwere Krankheit?", fragte Lena neugierig weiter. „Lena, es ist nicht deine Schuld. Das darfst du nie denken. Dein Papi war schon vor deiner Geburt sehr krank. Das wusste ich allerdings nicht. Dann ist er plötzlich gestorben und in den Himmel gekommen, dorthin, wo wir alle einmal hinkommen. Mir fehlt dein Papi auch sehr. Deswegen bin ich oft so sehr traurig", erklärte Elisabeth ihrer Tochter.

Tina war inzwischen wieder zurück und gesellte sich zu dazu. Elisabeth erlaubte Lena, noch einmal ans Wasser zu gehen und sich abzukühlen. Danach wollten sie sich auf den Heimweg machen, denn Tina wollte gern vor der einbrechenden Dunkelheit wieder zu Hause sein. Dadurch, dass sie in letzter Zeit so wenig Auto gefahren war, fehlte ihr einfach die Routine, sich in der Dunkelheit zu orientieren und auf den holprigen Wegen zurechtzufinden. Lena protestierte zwar, aber sie fügte sich, und so machten sie sich rechtzeitig auf den Heimweg. „So sind wir vor Anbruch der Dunkelheit zu Hause", sagte Tina. Doch es sollte anders kommen!

Ein paar dunkle Wolken sammelten sich am Himmel. Sie verdichteten sich so schnell, dass es schon bald kräftig zu regnen anfing, und der Fahrweg wurde nass und glitschig. Auf einer Asphaltstraße wäre die Fahrt für Tina sicher viel einfacher gewesen, aber dieser Weg bestand leider nur aus Lehmboden. Der Regen wurde immer schlimmer, sodass Tina am liebsten angehalten hätte. Elisabeth saß mit Lena auf der Rückband und dachte: „Wie schrecklich, wenn uns bei diesem Sauwetter etwas zustoßen sollte."

Tina konnte durch den plötzlichen Starkregen nichts mehr sehen, weil auch die Scheibenwischer dem Wasseransturm nicht mehr gewachsen waren. Sie trat auf die Bremse, um den Wagen anzuhalten. Das Auto fing jedoch dadurch an zu schlingern, und Tina konnte den Wagen nicht mehr auf der Lehmpiste halten und rutschte mit voller Wucht einen Abhang hinunter! Der Motor heulte laut auf, und der Wagen überschlug sich einige Male und landete krachend auf dem Dach. Kurz danach war es totenstill. Tina merkte sofort, dass sie nicht mehr alleine aus dem Auto heraus kommen konnte, und fragte sich, ob wohl die anderen beiden verletzt sind. „Elisabeth, Lena", schrie sie aus voller Kehle. Doch sie erhielt keine Antwort. Tina drohte, ohnmächtig zu werden! Aber stattdessen fing sie bitterlich an zu schluchzen. Tränenüberströmt sah sie, dass sich ein Auto langsam von hinten näherte. Es waren Nachbarn, die ebenfalls am Fluss gewesen waren. Sofort erkannten die Nachbarn die Situation, hielten an und eilten zum verunglückten Auto den Abhang hinunter.

„Hallo, hallo!", riefen sie und vernahmen dann das laute Weinen von Tina. Sie versuchten mit aller Macht, die Türen zu öffnen, doch es war einfach nicht möglich! Einer der beiden Nachbarn eilte zurück zum Auto und kam mit einer Brechstange wieder. Tatsächlich gelang es ihnen mit vereinten Kräften, hiermit die Tür zu öffnen. Tina fiel halb bewusstlos aus dem Auto. „Elisabeth, Lena", vermochte sie noch zu sagen. Die Helfer wussten jetzt, dass sich noch zwei Personen im Auto befinden mussten. Sie brachen eine Hintertür auf. Elisabeth regte sich nicht. In ihren Armen hielt sie eng umschlungen ihre kleine Tochter, die sich langsam bewegte. „Die Kleine lebt, die Kleine lebt!", stießen die Retter laut aus. Doch für Elisabeth kam jede Hilfe zu spät. Den Schutz, den sie ihrer Tochter durch die feste Umklammerung gegeben hat, musste sie am Ende nun selbst mit dem Leben bezahlen.

Den Notarzt hatten die Männer bereits gerufen, doch es dauert über eine halbe Stunde, bis er eintraf. Tina und Lena wurden an Ort und Stelle notdürftig versorgt und dann ins Krankenhaus gefahren. Ein weiterer Wagen holte den Leichnam von Elisabeth. Ihr Tod verbreitete sich rasend schnell wie ein Lauffeuer. Für viele Dorfbewohner war es unbegreiflich, was dort auf dem Heimweg passiert war. Andere verurteilten Tina für ihr leichtsinniges Verhalten und die vermeintlich zu hohe Geschwindigkeit auf der glitschigen Fahrbahn. Doch wie immer es auch sei, die kleine Lena war nun ein Waisenkind.

Ein folgenschwerer Unfall

Tina hatte sich schwere Verletzungen zugezogen. Neben den vielen Schnittwunden und Rippenbrüchen waren das linke Bein und der rechte Arm gebrochen. Es war klar, dass sie zur weiteren Behandlung in die Hauptstadt Asuncion geflogen werden musste, jedoch blieb sie zunächst einen Tag und eine Nacht in dem Krankenhaus vor Ort. Dann wurde sie mit einem Privatflugzeug in das große Krankenhaus nach Asuncion gebracht, wo eine viel bessere medizinische Versorgung möglich war.

Lenas körperliche Verletzungen waren, dank der Schutzmaßnahmen ihrer Mutter, nicht ganz so schlimm. Sie hatte lediglich einige Prellungen. Wie es innerlich in ihr aussah, konnte man nur vermuten. Immer wieder verlangte sie nach ihrer Mami und verstand nicht, was passiert war. Die Schwestern im Krankenhaus, die sie in ihre Obhut genommen hatten, kümmerten sich mit besonderer Herzlichkeit um Lena, um ihr die bedauernswerte Situation erträglicher zu gestalten, denn ein kleines Mädchen hatte nun keine Eltern mehr.

Elisabeths Beerdigung fand am nächsten Tag unter großer Anteilnahme der Dorfgemeinschaft statt. Die mitfühlenden Worte des Pastors waren Balsam für die Seelen der vielen Nachbarn und Freunde von

Elisabeth. Dadurch konnte der Schmerz über den Verlust der beliebten Elisabeth etwas gelindert werden. Am Tag danach entschloss sich der Pastor, mit Lena über den Tod ihrer Mutter zu sprechen. Er nahm Lenas „Lieblingskrankenschwester" Anna mit zum Gespräch. „Ist meine Mami jetzt bei meinem Papi im Himmel", fragte Lena mit ganz verweinten Augen. „Genau dort ist sie jetzt", antwortete der Pastor. Auch die Schwester fand liebevolle Worte für Lena. „Schon bald ist deine Tante Tina wieder bei dir", tröstete sie Lena.

Lena erholte sich schnell von ihren leichten Verletzungen. Sie durfte recht bald immer in der Nähe der Schwestern sein und „mithelfen". Auch in der Küche war sie gern gesehen und erledigte kleine Aufgaben mit Eifer.

Nach 14 Tagen kehrte Tina am späten Vormittag aus dem Krankenhaus in Asuncion zurück. Sie war jetzt zur Weiterbehandlung in das kleine ortsnahe Krankenhaus überwiesen worden, in dem auch ihre Nichte Lena Patientin war. Das gebrochene Bein und der gebrochene Arm waren eingegipst, die Rippenbrüche waren bandagiert und die Schnittverletzungen fast abgeheilt, aber sie war jetzt bis auf Weiteres für alle anfallenden Arbeiten daheim auf fremde Hilfe angewiesen. Untröstlich und schmerzhaft war für Tina, dass sie nicht an der

Beerdigung ihrer lieben Schwägerin teilnehmen konnte, und deshalb bestand sie darauf, so schnell wie möglich Elisabeths Grab zu besuchen, um ein Gebet für ihre verstorbene Schwägerin zu sprechen.

Am Nachmittag fuhr eine Schwester mit ihr ans Grab. Tina stand fassungslos vor der noch mit Blumen und Kränzen geschmückten Grabstätte und war zunächst nicht im Stande, etwas zu sagen. Doch dann sprach sie ihr Gebet und verfiel zum Schluss in ein leises Weinen. Nach einer langen, andächtigen Pause brachte die Schwester Tina zum Krankenhaus zurück, in dem ihre kleine Nichte schon auf sie wartete. Dort kam ihr Lena sofort entgegengelaufen. Tina umarmte Lena mit dem linken Arm und drückte sie, so gut es ging, an sich. „Liebe Lena, es ist so schlimm, was passiert ist, aber ich verspreche dir, dass ich immer für dich da sein werde", sagte Tina zu dem Kind. „Danke, Tante Tina", sagte Lena und war froh und glücklich, endlich wieder ein Familienmitglied zu erblicken.

Nach einer weiteren Woche im Krankenhaus wurde Tina nach Hause entlassen. Sie konnte sich jetzt notdürftig alleine versorgen. Zusätzlich kam regelmäßig eine Krankenschwester, um ihr bei schwierigen Aufgaben zu helfen.

Lena konnte zunächst noch bei den Schwestern bleiben. Sie bekam sogar ihr eigenes Zimmer im

Schwesternheim, und abwechselnd schliefen die Schwestern des Nachts aus Fürsorgepflicht mit in ihrem Zimmer.

Der Heilungsprozess bei Tina schritt nur sehr langsam voran. Der Arzt hatte anfänglich von ungefähr drei Monaten gesprochen, bis sie wieder richtig laufen könne. Doch jetzt, nach immerhin vier Monaten, wurde sie eines Besseren belehrt. Alle Anstrengungen und Krankengymnastik halfen nichts. „Alte Knochen verheilen halt nicht so schnell", musste sie sich eingestehen.

Anfang September wurde es endlich besser. Sie konnte jetzt ohne Gehhilfe auskommen, und war so im Stande, ohne fremde Hilfe für sich zu sorgen.

Jetzt musste allerdings schnellstens eine Lösung für Lena gefunden werden. Tina hatte eine Idee, die sich schnell als eine gute Lösung herausstellte. Das befreundete Ehepaar Jansen im Dorf war nämlich bereit, Lena vorübergehend bei sich aufzunehmen.

Das Ehepaar Jansen hatte ebenfalls eine Tochter. Sie hieß Lisa und war fünf Jahre alt. Die Familie freute sich riesig auf Lena, und die kleine Lisa schwärmte: „Dann habe ich ja endlich eine Schwester."

Lena fühlte sich in der Familie sehr wohl. Sie verstand sich prächtig mit Lisa, die froh war, jetzt eine kleine „Schwester" zu haben. In den traurigen Momenten Lenas, wenn sie mal wieder an ihre verstorbene Mami dachte, wusste das Ehepaar Jansen, sie sehr behutsam und taktvoll zu trösten.

Nach weiteren zwei Monaten ging es Tina erstaunlich gut. Ihr größter Wunsch, Lena wieder nach Hause zu holen, erwies sich jedoch als sehr schwierig. Die Kleine wollte einfach nicht zustimmen. Erst als Tina das Thema Pony ansprach, war sie gewillt, wieder nach Hause zu kommen. Mit den verlockenden Worten: „Du kannst jederzeit auf Locke reiten, und auch deine Freundin Lisa darf dich jederzeit besuchen", bekam die Tante Lens Einwilligung. Familie Jansen brachte Lena am nächsten Morgen nach Hause. Lisa staunte über das große Haus, in dem Lena jetzt alleine mit ihrer Tante wohnen würde. Sie guckte ihre Eltern an, als wollte sie fragen: „Darf ich auch hier bleiben?"

Tina war bald schon so weit, mit Lena längere Spaziergänge zu unternehmen. „Du kannst dich ruhig auf meiner Schulter abstützen, Tante", sagte Lena fürsorglich, wenn der Weg mal etwas länger war. Tina musste dabei ein wenig schmunzeln, auch wenn ihr nach dem Verlust ihrer Schwägerin bisher noch nicht zum Lachen zumute war. Ihr innerer Schmerz war noch zu groß. Auf dem Rückweg gingen sie meistens zum Grab von Elisabeth und sprachen dort ein kurzes Gebet. Zu Hause angekommen, schwor Tina sich immer wieder, ihre

ganze Kraft einzusetzen, um dem Kind nach dem
Verlust der Eltern ein sorgenfreies Leben zu
ermöglichen!

Lenas Freundin Lisa kam nun regelmäßig zu
Besuch. Oft durfte sie sogar bei Lena übernachten,
dann konnten sie morgens gemeinsam direkt von
dort in den Kindergarten gehen. Tina genoss die Zeit
mit Lena. Sie war eine strenge, aber sehr
fürsorgliche Erzieherin. Sicherlich erlaubte sie der
Nichte auch mal Sachen, wo eine Mutter nicht
zugestimmt hätte. Grundsätzlich war sie jedoch der
Meinung, dass das Kind, dank ihrer Hilfe, schon
jetzt recht wohl erzogen war, denn Lena war bei den
Kindern sehr beliebt und hatte schon ganz viele
Freundinnen und Freunde im Kindergarten. Auch in
der Sonntagsschule war sie sehr gerne gesehen.
Befreundete Familien boten sich immer wieder an,
sie nach dem Gottesdienst mitzunehmen und zu
Hause abzusetzen. Es sollte eine Entlastung für Tina
sein und eine kleine Abwechslung für das Kind.

Sonnige Weihnachten in Paraguay

Die Zeit verging wie im Fluge, und es nahte das Weihnachtsfest. Die Kinder probten am Sonntag in der Kirche die ersten Weihnachtslieder. Auch Lena war in einer „Minigruppe" und übte fleißig mit. „Lena", fragte die Übungsleiterin Gabi an einem Sonntag, „möchtest du zu Weihnachten auch ein kleines Gedicht aufsagen?" Lena wusste nicht so recht, was sie antworten sollte. „Ich weiß nicht, ob ich es kann", antwortete sie. Doch Gabi gelang es, sie zu überreden. Gabi war sicher, dass es Lena guttun würde, ein Gedicht vorzutragen. Kess genug dafür war sie ja. Auf die Länge kam es ihr dabei nicht an, und sie entschied sich für folgendes Gedicht:

„Lieber guter Weihnachtsmann,
schau mich nicht so böse an.
Stecke deine Rute ein,
ich will auch immer artig sein."

Es war herrlich, wie Lena das kleine Gedicht mit einer klaren und lauten Stimme vortrug. Die Besucher in der Kirche waren beeindruckt und entzückt.

Nach dem Weihnachtsgottesdienst sangen zum Abschluss alle gemeinsam das Lied „O du Fröhliche". Jetzt war endlich Weihnachten! Lisa kam zu Lena gelaufen und erzählte ihr, was sie sich zu Weihnachten gewünscht hatte. Auch Lena erzählte von ihren Wünschen. Allerdings bekamen sie in ihrem Dorf die Geschenke nicht am Heiligabend, sondern erst am nächsten Morgen.

Eine unendlich lange Nacht wartete also auf Lena. Sie war ganz aufgekratzt von den Eindrücken des schönen Abends. Zunächst wurde mit der Tante zu Abend gegessen. Danach setzte Tina sich mit Lena in die gemütliche Stube und wollte sich mit ihr unterhalten. Da fing Lena plötzlich an zu weinen.

Schnell nahm sie Lena auf den Schoß, sagte aber zunächst nichts. „Mein Liebes, du denkst an Mami und Papi, nicht war?" „Ja", schluchzte Lena. „Ich möchte, dass sie mit uns Weihnachten feiern." „Ach Lena, du bist so ein liebes und braves Kind. Weine ruhig, wenn dir danach zumute ist. Möchtest du heute Nacht mit bei mir im Bett schlafen?" Das wollte Lena natürlich gerne, und Tante Tina gelang es damit, Lena zu besänftigen.

Am nächsten Morgen kam die große Überraschung! Lena hatte sich eine Puppe gewünscht. Und tatsächlich, sie konnte es kaum fassen! Unter dem Weihnachtsbaum stand tatsächlich ein Puppenbett. Was in dem Bett war, konnte Lena zunächst nicht sehen. Nachdem sie das Bett vorsichtig unter dem Baum vorgezogen hatte, entdeckte sie den Inhalt. Sie hob die kleine Decke hoch und erkannte eine wunderschöne Puppe. Die hatte ein rosa Kleidchen an. Lena konnte ihr Glück kaum fassen. „Danke, liebe Tante", sagte sie. Auch Tina war glücklich vor Freude. Endlich ein Kind zu haben, dem sie so tolle Geschenke machen konnte, machte sie unendlich glücklich. Trotzdem wäre es ihr viel lieber gewesen, wenn Lenas Eltern noch leben würden, aber das war nun nicht mehr zu ändern.

Auch verschiedene Süßigkeiten und einen Apfel hatte Tina unter den Tannenbaum gepackt. Der Apfel war etwas ganz Besonderes, da es Äpfel in Paraguay sehr selten gab. Lena war ganz aufgeregt vor Freude. Nach dem Auspacken der Pakete wollte Tina mit ihr frühstücken gehen. Doch daran war gar nicht zu denken. Lena wollte jetzt ihre Süßigkeiten gut wegpacken und mit den anderen Geschenken spielen. Außer dem Bett und der Puppe entdeckte sie noch weitere Überraschungen unter dem Baum. Dazu gehörten Puppenkleider und andere Spielsachen. Tina ließ sich von Lena erweichen, und so frühstückten sie heute fast zwei Stunden später.

Sie waren gerade mit dem Essen fertig, da stand ihre Freundin Lisa an der Tür. „Darf ich mit Lena spielen?", fragte sie. Tina stimmte zu. Lisa hatte einige Weihnachtsgeschenke mitgebracht. Verschiedene Artikel aus dem Kaufmannsladen gehörten dazu. Natürlich hatte sie auch ihre Puppe dabei, die sie bereits letztes Jahr zu Weihnachten bekommen hatte. Lena freute sich riesig über den Besuch ihrer Freundin. Im Nu waren sie in ihrem Zimmer verschwunden. Die Zeit verging beim Spielen wie im Fluge. Nach fast zwei Stunden guckte Tina ins Zimmer und bat Lisa, so langsam wieder zu ihren Eltern nach Hause zu gehen. Das gefiel den jungen Damen überhaupt nicht. Erst als Tina zustimmte, dass Lena am Nachmittag Lisa besuchen dürfe, waren sie bereit, mit dem Spielen aufzuhören.

Mit dem Mittagessen wollte Lena sich nicht lange beschäftigen. Doch Tina bestand darauf, dass Lena auch den Nachtisch aß. Es gab einen Früchte-Kompott, weil Tina wusste, dass Lena ihn gerne mochte. Danach huschte die Kleine sofort wieder in ihr Zimmer, denn die schönen Sachen, die sie zu Weihnachten bekommen hatte, waren einfach zu verlockend. Tina räumte derweil die Küche auf und legte sich anschließend in der Wohnstube aufs Sofa. Die Temperatur stieg auf 35 Grad im Schatten. Weihnachten mit Kälte und Schnee wie in Deutschland kannten in Paraguay die Kinder nicht.

Nach dem kurzen Mittagsschlaf gesellte sich Tina zu Lena ins Zimmer, um mit ihr über Weihnachten in Deutschland zu sprechen. Doch bevor sie anfangen konnte, fragte Lena: „Tante Tina, wieso singen wir in der Kirche: ‚Leise rieselt der Schnee'?"

Genau, um dir das zu erklären, komme ich zu dir. „Weißt du, Lena, in Deutschland, wo deine Vorfahren herkommen, ist es während der ganzen Weihnachtszeit sehr kalt. Wenn es dann schneit, ist alles ganz weiß. Die Häuser, die Bäume und Wiesen, alles ist dann mit Schnee bedeckt."

„Was sind Vorfahren?", fragte Lena. Tina erklärte es ihr geduldig. Anschließend erzählte sie ihr einige Weihnachtsgeschichten aus Deutschland. Lena hörte gespannt zu, konnte es allerdings nicht so recht verstehen.

Zum Schluss holte Tina ein Weihnachtsbuch aus Deutschland hervor und las Lena die allerschönsten Weihnachtsgeschichten vor. Lena war begeistert und wünschte sich, auch einmal in Deutschland Weihnachten feiern zu dürfen!

Jetzt wollte sie jedoch wieder mit ihren neuen Sachen spielen. Tina versprach, auch am zweiten Weihnachtstag Geschichten aus dem kalten und weit entfernten Deutschland vorzulesen.

Der Nachmittag war angebrochen, und Lena wollte jetzt zu ihrer Freundin. Tina, die immer noch gehbehindert war, begleitete sie. Obwohl sie die Eltern von Lisa gut kannte, hatte sie kein besonders enges Verhältnis zu ihnen. Nach 15 Minuten kamen sie dort an und wurden herzlich empfangen. Auch Tina, die eigentlich sofort wieder nach Hause gehen wollte, musste bleiben.

„Wir haben ganz leckere Weihnachtsplätzchen, und meine Frau hat schon den Kaffee zubereitet", sagte Herr Jansen.

Tina stimmte zu. Sie war beeindruckt von der Gastfreundlichkeit der Jansens. Auch das Kaffeeservice gefiel ihr sehr gut. Es hatte ein schönes Blumenmuster, und Tina war sich sicher, dass es ein Erbstück der Eltern von Frau oder Herrn Jansen sein würde. Doch sie traute sich nicht, danach zu fragen. Die Kinder waren sofort in Lisas Zimmer verschwunden. Dort spielten sie so vertieft, als hätten sie sich wochenlang nicht gesehen.

Als der schöne Nachmittag zu Ende war, fuhr Herr Jansen Tina und Lena mit seinem Auto nach Hause. Herr Jansen war einer der wenigen im Dorf, der ein eigenes Auto besaß. Beim Aussteigen verabredeten Herr Jansen und Tina, sich bald wieder auf einen gemeinsamen Kaffeebesuch zu treffen. Das sollte dann im Haus von Tina stattfinden.

Die Weihnachtszeit verlief für Lena viel zu schnell. Gerne hätte sie sich täglich mit ihrer Freundin verabredet, um mit den Geschenken zu spielen, allerdings bestand Tina darauf, die Besuche etwas zu reduzieren.

Es war Mitte Januar, als Familie Jansen durch Lisa ausrichten ließ, dass sie gerne am Sonntag zu dem verabredeten Kaffeetrinken kommen möchten. Tina war einverstanden, und schon gingen die Vorbereitungen los. Die „gute Stube" musste geputzt werden. Selbstverständlich half Lena dabei fleißig mit. Tina überlegte, was für eine Torte sie backen könnte, und entschied sich für eine Obsttorte. Obst, wie Apfelsinen, Mandarinen, Ananas und Bananen, hatte sie ja genug im eigenen Garten. Auch die Zutaten für den Tortenboden hatte sie noch im Hause. Am Sonntag vor dem Kirchgang backte sie die Torte. Die kam anschließend in den Kühlschrank, denn immerhin herrschten derzeitig Temperaturen von bis zu 38 Grad im Schatten.

Familie Jansen kam pünktlich um 16:00 Uhr. Lisa verschwand mit ihrer Freundin in Lenas Zimmer. Als Tina den Kaffee gekocht hatte und die Kinder rief, waren sie sofort zur Stelle. Obsttorte war auch Lenas Lieblingskuchen.

Die Kinder verschwanden nach dem Genuss der Torte wieder ins Zimmer von Lena. Die Erwachsenen unterhielten sich über Gott und die Welt. Dabei sprach Frau Jansen auch die Situation mit Tina und Lena an. „Frau Tina, wenn wir Ihnen irgendwie helfen können, sind wir dazu jederzeit gerne bereit. Wir sehen ja auch, dass Sie nach dem

Unfall noch immer nicht so richtig auf die Beine gekommen sind und Ihnen viele Aufgaben sehr schwer fallen." Tina hieß mit Nachnamen Kröker, doch komischerweise wurde sie von allen immer nur Frau Tina genannt.

Sie war von dem Vorschlag etwas irritiert und fragte prompt: „Traut man mir die Erziehung des Kindes etwa nicht zu?" Frau Jansen beruhigte sie und versicherte, dass es sich bei dem Angebot nur um eine vorübergehende Unterstützung handele.

Eine gewisse Erleichterung breitete sich in Tina aus. Zu wissen, dass jemand da ist, der jederzeit bereit ist zu helfen, machte sie im Grunde sehr glücklich.

„Wollen wir uns nicht duzen?", fragte sie etwas ausweichend. „Gerne", sagte Frau Jansen, „ich bin Eva." „Und ich bin Johannes", fügte Herr Jansen hinzu.

Tina erklärte den beiden, dass sie sich Lena sehr verpflichtet fühle und ihr die Verantwortung sehr große Freude bereitet. Jedoch käme sie momentan oft an die Grenzen ihrer Belastbarkeit. Eine Unterstützung wäre für sie deshalb durchaus denkbar.

Die Kaffeerunde endete und sie vereinbarten, dass Eva oder Johannes öfter zu ihr kommen. „Du darfst dich dabei aber nicht kontrolliert fühlen, liebe Tina", sagte Eva. „Wir möchten dir nur helfen." „Nein,

nein", meinte Tina, „das ist schon in Ordnung. Ich freue mich darauf, es gibt mir ja auch eine gewisse Sicherheit." Als Lena davon erfuhr, war sie begeistert. „Dann soll Lisa aber auch mitkommen", war ihr erster Wunsch. „Selbstverständlich", antwortete Eva, „Lisa kommt doch so gerne zu dir."

Unbeschwerte Kindergartenzeit

Die Sommerzeit neigte sich dem Ende entgegen, damit waren auch die Ferien bald vorbei. Auf Lenas Freundin Lisa wartete die Schule. Den Wunsch ihrer Eltern, schon mit 6 Jahren zur Schule zu gehen, erfüllte sie gerne. Und für Lena begann jetzt wieder die Kindergartenzeit. Sie war so gerne mit anderen Kindern zusammen und freute sich schon mächtig darauf, sie alle wiederzusehen.

Die Hitze wurde jetzt erträglicher, und am 10. Mai feierte Lena Geburtstag. Sie durfte zum ersten Mal alle ihre Freundinnen einladen, dazu gehörte selbstverständlich auch die beste Freundin Lisa. Es gab kalte Getränke sowie heiße Schokolade. Den Kuchen und die Plätzchen hatte Tina selber gebacken. Lena freute sich über die vielen kleinen Geschenke der Freundinnen.

Nach der Feier wurden die Kinder von ihren Eltern abgeholt. Lena räumte ihre Spielsachen in ihr Zimmer. Danach ging sie zu ihrer Tante, um sich für all die Mühe zu bedanken. „Es war ein so schöner Tag, liebe Tante", sagte sie. Nachdem Tina das Geschirr in die Schränke geräumt hatte, setzte sie sich auf die Eckbank. Sie war erstaunt, wie schnell die Zeit vergangen war. Schon seit einem Jahr wohnte Lena jetzt ohne ihre Mutter bei ihr.

Es hatte nie Probleme mit dem Kind gegeben. Tina war überzeugt davon, dass ihre liebevolle und doch strenge Erziehung gut für das Kind war. Lena durfte heute Abend etwas später zu Bett gehen. Trotzdem hatte Lena nach dem aufregenden Tag große Mühe, einzuschlafen. Der Tag war einfach zu schön und spannend für sie gewesen. Auch gingen ihr die Geschichten aus Deutschland nicht aus dem Kopf, die Tante Tina ihr erzählt hatte. „Wenn ich mal groß bin, dann möchte ich unbedingt in das Land reisen, wo meine Vorfahren herkommen", dachte sie so für sich und schlummerte danach endlich ein.

Obwohl Tina immer noch Beschwerden mit ihrem Bein hatte, tat sie alles, um dem Kind eine sorglose Kindheit zu ermöglichen. Doch die Beschwerden wurden mit der Zeit unerträglich. Das Federvieh und die Schweine machten viel Arbeit. Immer öfter musste Hans kommen, um zu helfen. Tina war ab und zu richtig verzweifelt. Sie wusste nicht recht, wie es weitergehen sollte. Sie dachte sogar daran, ins Altenheim zu gehen. Aber wäre das in ihrer jetzigen Situation überhaupt möglich, schließlich hatte sie doch die Verantwortung für das Kind übernommen? Und trotzdem ging sie eines Tages ins Heim, um sich über Grundsätzliches zu informieren. Die Beratung war sehr gut. In dem Gespräch informierte die Heimleitung sie über verschiedene Arten moderner Gehhilfen. Tina wurde hellhörig und sagte sofort: „Das ist doch meine Rettung!" Verschiedene Größen wurden ihr vorgestellt. Nachdem das richtige Modell gefunden war, konnte Tina ihr Glück kaum fassen! Ein Rollator, der so hoch war, dass Tina sich im Stehen abstützen konnte, war genau das Richtige für sie. Neben einem Netz befand sich auch eine Ablage an dem Gerät. Dort konnte Tina die nötigsten Sachen für den Transport innerhalb des Hauses abstellen. Mit der neuen Gehhilfe und der Hilfe von Hans gelang es Tina, die nächsten Jahre fast unbeschwert zu überstehen.

Die Schule ruft

Jetzt war es auch für Lena so weit! Die Schule wartete im März auf sie. Die Schulsachen mussten besorgt werden. Beim Aussuchen des Schulranzen durfte Lena mitentscheiden. Und Tina wunderte sich über Lenas großes Interesse für die Schule.
„Das wird bestimmt eine gute Schülerin", sagte sie zu ihrer Freundin Eva, der Mutter von Lisa. Seit dem Kaffeetrinken an Lenas vierjährigem Geburtstag trafen sie sich weiterhin regelmäßig, um sich mit aktuellen Themen aus aller Welt zu beschäftigen und auszutauschen und über die alltäglichen Probleme zu sprechen. Das war ihnen sehr wichtig und tat beiden sehr gut.
Lisa war mittlerweile zehn Jahre alt und kam jetzt als Spielgefährtin für Lena nicht mehr in Frage, denn Lisa fühlte sich ja schon fast als Erwachsene. Lena hatte zunächst Schwierigkeiten, Lisas Haltung zu verstehen. Doch als auch sie erkannte, dass Lisas Freundinnen jetzt alle größer und älter waren akzeptierte sie es.
Der erste Schultag war aufregend für Lena. Sie kam in einen großen Raum, in dem die erste und die zweite Klasse untergebracht waren. Darum wirkte es erst einmal befremdlich auf Lena, dass in dem Raum auch noch größere Kinder waren. Doch die Lehrerin,

Frl. Braun, erklärte es den neuen Kindern. Bemerkenswert, wie die Lehrerin selber mit dieser Situation zurecht kam. Die Räumlichkeiten ließen der Schulleitung einfach keine andere Wahl, zumal man dadurch auch noch Lehrpersonal einsparen konnte.

Lena war nun beeindruckt und wünschte sich, später auch Lehrerin zu werden. Der Unterricht begann damit, dass Frl. Braun sich vorstellte und danach die Namen aller Kinder verlas, die in dem Raum anwesend waren. Alle Erstklässler erhielten ein kleines Malbuch. Buntstifte und Bleistifte mussten privat gekauft werden, aber jedes Kind hatte sie bereits in der Schultasche.

„Liebe Kinder", sagte Frl. Braun. „Wir machen jetzt eine kleine Pause und danach werdet ihr in dem Buch einige Gegenstände anmalen. Sobald die Klingel ertönt, kommt bitte zurück in den Klassenraum. Jeder nimmt dann wieder genau dort Platz, wo er jetzt sitzt."

Lena wäre am liebsten in der Klasse geblieben, um sofort mit dem Malen zu beginnen. Doch selbstverständlich musste auch sie raus auf den Schulhof, um zu spielen. Am Ende der Pause ertönte die Klingel und alle Schüler eilten zu ihren Plätzen. Lena saß neben Elvira auf einer Schulbank. Die beiden hatten bisher kaum Kontakt gehabt, verstanden sich aber auf Anhieb gut. Auf der ersten Seite des Malbuches befand sich das Bild eines Hasen sowie einer Wiese mit Blumen und einem Haus. Das sollten die Kinder ausmalen.

Jedes Kind konnte entscheiden, welche Farbe wozu passte. Elvira war unsicher und fragte Lena: „Weißt du, welche Farbe der Hase hat?" Doch Lena wusste es auch nicht so genau. Schließlich einigten sie sich für das Fell auf die Farbe Grau, die Nase sollte schwarz werden. Das Ausmalen konnte beginnen. Derweil kümmerte Frl. Braun sich um die zweite Klasse.

Um 10:45 Uhr war der erste Schultag beendet. Als Lena gegen 11:00 Uhr nach Hause kam, wurde sie schon am Gartentor von ihrer Tante erwartet. Schnell lief Lena zu ihr, um von den Eindrücken des ersten Tages zu berichten. Voller Begeisterung erzählte sie von dem Malbuch, zog es aus ihrem Ranzen und zeigte Tina, was sie gemalt hatte.

Tina war angetan von Lenas Begeisterung und ihren Malkünsten. Da die Sachen aus der Schultasche zu Hause nicht benutzt werden durften, entschloss sich Tina, zusätzliche zu kaufen. Am Nachmittag zogen sie gemeinsam ins los, um die Sachen zu besorgen. Sie hatten Glück. Es gab noch ein einziges Heft und einige Malstifte. Das war nicht selbstverständlich, da die Schulsachen oft schnell ausverkauft waren.

Der Tag war für Lena gerettet! Stundenlang beschäftigte sie sich mit dem Malen. Immer wieder lief sie zu ihrer Tante, die in einem bequemen Stuhl in der Ecke saß und ein Buch las, um nach ihrem Rat zu fragen. Tina zeichnete ihr daraufhin einige weitere Tiere ins Heft, die Lena anmalen durfte. Eine Stehlampe, die sie schon von ihrer Mutter geerbt hatte, spendete das nötige Licht, so war es auch für Lena hell genug.

Am nächsten Morgen in der Schule erzählte Lena von den Ereignissen des Vortages. Die Lehrerin hörte aufmerksam zu und merkte, dass Lena sehr wissbegierig und interessiert an neuen Aufgaben war. „Dieser Wissensdurst muss gefördert werden", dachte Frl. Braun bei sich und wollte ein behutsames Auge auf die Lernbereitschaft der kleinen Lena werfen, ohne jedoch die anderen Kinder zu vernachlässigen.

Lenas Lernbegeisterung hielt während der gesamten Grundschulzeit an. Sie beendete das Schuljahr stets als Klassenbeste. Tina lobte sie dafür, ermahnte sie aber auch, nicht überheblich zu werden. Immer wieder sagte sie ihr: „Liebe Lena, die anderen Kinder haben sicherlich nicht die gleichen Voraussetzungen, um so tolle Noten zu schreiben wie du. Sei stolz darauf, aber noch wichtiger ist es, anderen zu helfen und sie zu unterstützen, wenn sie

Hilfe brauchen." Lena nahm sich das sehr zu Herzen.

Nach der 6. Klasse war die Grundschulzeit vorbei. Zum Abschluss gab es eine Klassenfahrt in die Hauptstadt des Landes Paraguay, nach Asuncion. Lena war beeindruckt von den vielen großen Häusern und den asphaltierten Straßen. So etwas hatte sie bisher noch nicht gesehen! Die Gruppe bestand aus 16 Personen, also 14 Schüler und zwei Lehrerinnen. Verschiedene Besichtigungen standen auf dem Programm, und während sie durch die Straßen bummelten, erwiesen sich einige Jungen als richtige Lausbuben. Immer wieder betätigten sie die Klingeln an den Haustüren, was logischerweise zu Ärger mit den Bewohnern führte. Die Lehrerinnen waren sehr erbost über den Unfug der Kinder und verweigerten ihnen aus diesem Grund am nächsten Tag den von der Gruppe so geliebten Besuch in der Eisdiele. Das wirkte nachhaltig und die Klingeljagd war damit beendet.

Nach einer Woche mit vielen Besichtigungen von Denkmälern und Staatsgebäuden mussten die Kinder wieder die Heimreise antreten. Die Gruppe fuhr mit dem Bus zum Hafen und schipperte von da aus mit dem Schiff nach Hause. Am späten Nachmittag kamen sie im Hafen von Volendam an. Dort warteten dann zwei Autos auf sie. Es war bereits dunkel, als die Schüler wieder wohlbehalten zu Hause ankamen. Tina hatte für Lenas Rückkehr Quarktaschen zubereitet, denn es war Lenas Lieblingsessen. Voller Begeisterung erzählte Lena von den Ereignissen des Ausfluges. Tina hörte gespannt zu. „Tante Tina", sagte Lena, „wenn es in Deutschland auch so schön ist wie in Asuncion, dann möchte ich dort später unbedingt arbeiten und wohnen." „Im gewissen Sinne ist es in Deutschland so, wie du die Großstadt hier erlebt hast. Aber gefällt es dir denn nicht mehr bei mir auf dem Lande? Wir haben doch alles, und ich bin immer für dich da", entgegnete Tina. „Doch, doch", erwiderte Lena, „es gefällt mir sogar sehr gut hier. Jedoch wirst du ja so langsam immer älter, und ich möchte dir nicht zur Last fallen!" „Liebe Lena", beruhigte Tina sie, „du hast mir soviel Kraft und Lebensmut gegeben. Nie wirst du mir zur Last fallen. Außerdem haben wir doch Hans, der immer bereit ist, uns zu helfen."

Erste Liebe

Hans war in der Tat stets zur Stelle, wenn man ihn brauchte. Jedoch hatte seine Hilfsbereitschaft auch noch einen anderen Grund. Auch ihm war nicht entgangen, dass Lena sich zu einer hübschen jungen Dame entwickelt hatte. Ihre schlanke Figur, die langen schwarzen Haare und ihre Freundlichkeit wirkten anziehend auf Hans. Er war nun mittlerweile 33 Jahre alt und wusste selbst, dass er sich keinerlei Hoffnungen machen durfte! In der Tat war Lena ein sehr hübsches Mädchen. Sie wurde von Jahr zu Jahr erwachsener und schöner. Sicher, auch sie hatte ab und zu Verlangen nach einer Bekanntschaft mit einem Jungen. Hans jedoch war in ihren Träumen noch nicht vorgekommen.

Wie in jedem Jahr zu Weihnachten, führten die Kinder in der Kirche Weihnachtsgeschichten vor. Lena hatte inzwischen eine eigene Gruppe. Es waren die kleineren Kinder, die sie unterrichtete. Das in stundenlangen Proben eingeübte Programm wurde jetzt unter der Regie von Lena vorgeführt und fand ganz viel Zuspruch bei den Zuschauern, die sich sehr gut unterhalten fühlten.

„Was für ein wunderbares Mädel doch aus der kleinen Lena geworden ist", dachten anerkennend ganz viele der anwesenden Gäste, „sie hat beide

Elternteile verloren und ist trotzdem zu so einer bemerkenswert klugen und wohlerzogenen Person herangewachsen." Ja, Lena war aufgeschlossen, nett und hilfsbereit und damit beliebt bei jung und alt. Ihre äußere Erscheinung trug mit dazu bei, dass sie überall gerne gesehen wurde. Nach den Schulferien kam Lena nun in die Zentralschule. In einem anderen Trakt des Schulgebäudes befanden sich Räumlichkeiten für die Klassen sieben bis zehn. Lenas Klasse bestand jetzt aus acht Schülern, und Lena wurde direkt zur Klassensprecherin gewählt.

Zu ihrem 13. Geburtstag lud Lena ihre gesamte Klasse ein. Dazu kamen Freunde und Verwandte und natürlich ihre ehemalige beste Freundin Lisa. Es gab eine große Kaffeetafel, und Lena hatte unter Anleitung von Tina zum ersten Mal einen eigenen Kuchen gebacken. Es war eine ganz leckere Obsttorte, die auch großen Zuspruch bei den Gästen fand, denn sie wurde zu Lenas Freude als erstes verspeist.

In Vorbereitung auf die Feier hatte Tina auch mit Hans besprochen, dass er das Grillen übernehmen sollte. Hans freute sich darauf, denn er wollte Lena und ihre Gäste heute ganz besonders mit seiner Fleischzubereitung am offenen Feuer beeindrucken.

Zu der Feier war auch Heinrich geladen. Er war ein Jahr älter als Lena und kam aus dem Nachbardorf.

Lena hatte schon seit einiger Zeit ein Auge auf ihn geworfen. Auch Heinrich war von Lena fasziniert, und die Blicke, die sie sich während der Feier zuwarfen, verrieten, dass hier erste zarte Bande geknüpft wurden. Natürlich blieben auch Hans die verliebten Blicke der beiden nicht verborgen, und er ertappte sich dabei, dass er richtig wütend wurde.

Die Gäste genossen das Essen und waren voll des Lobes über die gegrillten Spezialitäten. Tinas Salate waren ebenfalls sehr beliebt. Selbstverständlich hatte Lena bei der Zubereitung geholfen. Gegen 18:00 Uhr verabschiedeten sich die ersten Gäste, und um 19:00 Uhr war die Feier endgültig vorbei.

Jetzt musste aufgeräumt werden. Hans war fleißig dabei. Nachdem er den Grill gesäubert hatte, stellte er ihn zurück in die dafür vorgesehen Ecke. Auch Heinrich war zur Freude von Lena geblieben, um zu helfen. Während sie Geschirr und Bestecke in die Küche räumten, war Hans noch mit den Stühlen und Tischen beschäftigt. Tina spülte das Geschirr in der Küche. Nachdem alles in die Schränke geräumt war, forderte Tina Heinrich auf, den Heimweg anzutreten. „Es wird sonst zu spät. Sicherlich warten deine Eltern schon auf dich", sagte sie.

Doch Heinrich ließ sich nicht so einfach überreden und half weiterhin fleißig mit. Erst als alles wieder an Ort und Stelle war, verabschiedete er sich. Lena begleitete ihn noch bis zum Eingangstor. Sie schlenderten gemeinsam an Hans vorbei, der gerade die letzten Stühle wegbrachte. Hans grimmiger Blick verriet Lena, dass ihm das ganz und gar nicht gefiel. Als Lena auf dem Rückweg wieder an ihm vorbeikam, fragte er spontan: „Ist das dein Freund?" Lena wusste zuerst nicht, was sie darauf antworten sollte, doch dann erwiderte sie energisch: „Ich habe keinen Freund!" und verschwand auf dem schnellsten Weg in ihr Zimmer. Etliche Gedanken gingen ihr durch den Kopf. Sollte Hans sich etwa ihretwegen Hoffnungen machen? Das konnte sie sich nicht vorstellen! Natürlich hatte sie bemerkt, dass Hans ihr gerne nachschaute. Auch Lena fand Hans nicht unsympathisch. Er war ja recht gutaussehend, nett und immer hilfsbereit. Aber dabei sollte es aus Lenas Sicht auch bleiben – Ende!

Lena verdrängte alle weiteren Gedanken an Hans und wollte jetzt nur noch einmal an ihre schöne Geburtstagsfeier denken. Sie hatte den Tag genossen und zum krönenden Abschluss Heinrich zur Pforte begleitet. Am liebsten hätte sie dabei mit ihm Händchen gehalten, aber sie wusste ja, dass sie ihn am nächsten Tag in der Schule wiedersehen würde. Mit diesem Gedanken schlief sie ein, doch dann wachte sie mitten in der Nacht wieder auf. In einem wahren Albtraum wurde sie von Hans bedrängt. Sie versuchte, schnell davonzulaufen, aber sie kam nicht von der Stelle. Hans umarmte sie und wollte ihr einen Kuss geben, da wurde sie schweißgebadet wach. Zum Glück war es nur ein Traum! Erleichtert verbannte Lena den Traum aus ihrem Kopf und schlief wieder ein.

Am Morgen fiel ihr das Aufstehen schwer. Trotz der Müdigkeit bedankte sie sich herzlich bei Tina für die wunderschöne Geburtstagsfeier vom Vortag. Tina freute sich über Lenas Herzlichkeit. Auch ihr hatte die Feier gefallen. „Und der Heinrich", sagte sie „ist ja ein richtig netter, hilfsbereiter Bursche. Es ist nicht selbstverständlich, dass ein Junge in der Küche mithilft."

Lena freute sich über Tinas Worte. Nach dem Frühstück packte sie ihre Sachen und ging mit schnellen Schritten zur Schule. Heute konnte sie nicht früh genug da sein. Tatsächlich wartete Heinrich schon am Schuleingang auf Lena und sagte: „Ich wollte mich noch einmal für die schöne Feier bedanken. Es war einfach wunderbar bei dir."

Lenas Herz schlug schneller. „Auch für mich war es eine schöne Feier. Danke, dass du da warst!", gab Lena ehrlich zu. Nun war es 8:00 Uhr und die Schüler mussten in ihre Klassenzimmer, Lena in die siebte und Heinrich in die achte Klasse. In der großen Pause trafen sie sich auf dem Schulhof. Sie gingen um das Schulgebäude herum in der Hoffnung, hinter dem Haus alleine sein zu können, aber dort spielten schon einige Schülerinnen „Völkerball".

„Lena, wieso spielst du nicht mit uns?", fragte ein Mädel aus der Gruppe.

„Ist Heinrich dein Freund?", fragte eine andere.

Heinrich, der gut aussehende, nette Junge, war auch den anderen Mädels aufgefallen, und es gab nicht wenige, die sich ihn als Freund wünschten.

„Immer Lena", klang es neidisch aus der Gruppe. „Wieso bekommt sie eigentlich immer alles, was sie sich wünscht?"

Lena war die ganze Angelegenheit äußerst peinlich. Nie wollte sie ihre Schulfreundinnen vor den Kopf stoßen. Dass auch sie an Heinrich interessiert waren, dafür konnte sie nichts. Wenn sie doch bloß geahnt hätte, dass die Freundinnen hinter dem Schulgebäude spielten. Nie wäre sie mit Heinrich dorthin gegangen. Doch ein Zurück gab es jetzt nicht mehr!

„Warum seid ihr denn so neugierig? Darf ich nicht mit Heinrich einen Spaziergang machen? Er hat mir gestern auf meiner Geburtstagsfeier so sehr geholfen und dafür möchte ich mich bei ihm bedanken", versuchte Lena zu erklären. Doch die Mädchen frotzelten weiter: „Ach, er hat dir geholfen? Deshalb ist er nicht mit uns zusammen nach Hause gegangen! Wobei hat er dir denn geholfen? Hat er dich ins Bett gebracht?" Lena hätte weinen können! Eigentlich hatte sie noch nie Probleme mit ihren Mitschülerinnen. Sie war bei allen sehr beliebt und nicht zuletzt deshalb zur Klassensprecherin gewählt worden.

„Lass uns doch einfach weitergehen!", sagte Heinrich. Doch damit war Lena nicht einverstanden. Die Situation wollte sie hier und jetzt bereinigen. Sie sprach: „Ihr seid doch alle meine Freundinnen. Wieso seid ihr denn heute so widerlich zu mir? Ich habe euch doch nichts getan."

„Entschuldigung, Lena", klang es aus der Gruppe, „spielst du denn gleich wieder mit uns?"

„In der nächsten Pause bin ich wieder bei euch", versprach Lena. Doch jetzt war es nicht mehr so wie früher. Lena konnte sich in der Gruppe nicht mehr so richtig wohl fühlen. Sie dachte immer wieder an Heinrich und war froh, als der Schultag zu Ende war. Schnell packte sie ihre Sachen und eilte nach Hause. Heinrich, der heute etwas früher Schluss hatte, wartete am Torausgang. Gerne hätte er noch ein paar tröstende Worte zu ihr gesagt, doch Lena winkte ab. „Bis morgen", rief Heinrich ihr nach. „Ja, bis morgen", erwiderte Lena, „sei mir bitte nicht böse, ich möchte jetzt lieber nach Hause."

Tina merkte, dass Lena heute nicht so fröhlich aus der Schule kam. „Hast du was?", fragte sie Lena. „Nein, nein", antwortete Lena spontan. „Doch Lena, ich merke es dir doch an, dass irgendetwas nicht stimmt", forschte Tina ganz vorsichtig nach. „Es ist wegen der Schulfreundinnen. Wieso sind die so gemein zu mir? Ich bin mit Heinrich nur eine Runde spazieren gegangen, weil ich mich für seine Hilfe von gestern bedanken wollte. Da haben die anderen Mädels sich ganz zickig mir gegenüber verhalten", führte Lena aus.

„Heinrich ist ein netter Junge. Da machen sich bestimmt einige Hoffnungen. Du musst wissen Lena, das ist der Neid. Er hat schon oft Freundschaften zerstört. Versuch sie zu verstehen, dann sieht die Welt morgen wieder ganz anders aus", erklärte Tina der völlig zerknirschten Lena.

Lena war erleichtert. Gut, dass Tina da war und soviel Verständnis aufbrachte. Mit ihr konnte sie über alles reden. Jetzt schmeckte ihr auch das Mittagessen wieder.

In der Schule hatte sich am nächsten Tag die Situation auch wieder entspannt, und das blieb auch in den darauffolgenden Tagen so. Lena und Heinrich sahen sich zwar in der Schule, vermieden jedoch gemeinsame Spaziergänge auf dem Schulhof. Heinrich kam jetzt immer häufiger zu Lena nach

Hause. Das blieb Tina natürlich nicht verborgen. „Kommt doch mal zu mir in die Küche“, bat sie. „Hier können wir Spiele machen oder uns einfach nur unterhalten.“ Dass ihre Tante Tina ebenfalls mal etwas Unterhaltung brauchte, war Lena zwar bewusst, sie hatte jedoch in Heinrichs Gegenwart etwas anders gelagerte Spiele im Sinn. Wenn der Bursche nur nicht so zurückhaltend wäre!

Lena erzählte Heinrich von Tinas Vorschlag. Er fand es gut, und so gingen sie gemeinsam zu Tina in die Küche. Tina erzählte spannende Geschichten aus ihrer Jugendzeit. Die beiden hörten gespannt zu. Doch als Tina von ihrer ersten großen Liebe erzählte, wurde es ihnen etwas unangenehm. Sie sahen sich an und hatten wohl beide den gleichen Gedanken: „Glaubt sie, dass es zwischen uns die große Liebe ist?“ Nach einer Stunde bedankten sie sich für die gute Unterhaltung und verschwanden in Lenas Zimmer. Zu gerne hätte Lena Heinrich jetzt umarmt und geküsst. Doch das traute sie sich nicht. Den Anfang konnte und wollte sie hierbei nicht machen. Heinrich war jedoch sehr vorsichtig und machte keine Anstalten, Lena in seine Arme zu schließen.

Die Wochen vergingen. Lena und Heinrich sahen sich immer mittwochs und am Wochenende. Am Samstag kam er meistens zu ihr nach Hause. Am

Sonntag sahen sie sich sowieso in der Kirche.

Lena meisterte die siebte Klasse gewohnt leicht. Ihr großer Wunsch, später einmal selber zu unterrichten, war ungebrochen. Sie wollte eine gute Lehrerin werden. Auch nach der achten Klasse kam sie freudestrahlend mit ihrem Zeugnis in der Hand nach Hause und zeigte es Tina. „Und du bist wieder Klassenbeste geworden?", fragte Tina. „Ja", antwortete Lena und tat so, als wäre es das Normalste auf der Welt. „Können wir jetzt zu Mittag essen?", wechselte sie das Thema.

Am 10. Mai feierte Lena ihren 14. Geburtstag. Sie war jetzt ein ganzes Jahr lang mit Heinrich befreundet. Die Freundschaft bestand allerdings nur aus gemeinsamen Ausflügen, Musik hören und hier und da ein Picknick mit den Freunden. Aber Lena wünschte sich mehr von Heinrich, doch der wollte nichts überstürzen und hielt sich mit sonstigen Liebesbekundungen sehr zurück.

„Wenn ich doch endlich 15 Jahre alt wäre", wünschte sich Lena, „dann wäre Heinrich 16 Jahre alt und würde dann sicherlich mutiger sein als heute." Für Lena wurde es gefühlsmäßig ein unendlich langes Jahr. Gut, dass sie immerzu beschäftigt war mit ihren Hausaufgaben und den Verpflichtungen auf dem Hof.

„Lena, du bist jetzt 14 Jahre alt", sagte Tina nach

ihrem Geburtstag. „Deine Aufgaben werden jetzt noch umfangreicher. Je mehr wir beide selber machen, desto weniger muss Hans für uns erledigen. Das ist auch gut für unseren Geldbeutel." Lena wusste es nur zu gut, aber sie half ihrer Tante gerne , und Tina fand immer lobende Worte für Lenas Hilfsbereitschaft.

Lena feiert ihren 15. Geburtstag

Der Winter war in diesem Jahr besonders unangenehm. Der Reif auf den Wiesen und Dächern verriet, dass es kalt war. Der frostige Wind, der vom Feld über Tinas Hof fegte, ging sprichwörtlich durch Mark und Bein.

Die warmen Temperaturen ab August waren dagegen angenehm. Und schon bald stand wieder das Weihnachtsfest vor der Tür. Lenas großer Wunsch war immer noch, das Fest irgendwann einmal bei Schnee und Eis in Deutschland zu feiern. Nach Beginn des neunten Schuljahres Anfang April rückte Lenas 15. Geburtstag immer näher. In diesem Jahre wollte sie mit ihren Freundinnen und Freunden zum ersten Mal alleine feiern. Aber dieser Anlass beinhaltet traditionell ein besonderes Ritual in Paraguay, denn mit dem 15. Geburtstag verlässt ein Mädchen den Kinderstatus und wird damit allgemein als junge Frau akzeptiert. Deshalb wird das Fest eigentlich auch mit allen Verwandten und Bekannten gefeiert, und auf dem Fest wird mit allen Freunden und Verwandten getanzt. Doch wie sollte sie das ihrer Tante beibringen? Das allgemein übliche Kaffeetrinken, so malte Lena es sich aus, konnte an dem Sonntag nach ihrer großen Feier stattfinden. Lena wusste, dass sie Tina um Erlaubnis fragen musste, und wartete jetzt auf eine passende Gelegenheit. An einem verregneten Sonntag saßen beide in der Wohnstube mit einem Buch in der Hand. Tina hatte es sich in ihrem Sessel gemütlich gemacht. Lena saß auf der Couch. „Möchtest du einen Kaffee?", fragte Lena ihre Tante. Tina war etwas erstaunt. Dass Lena sich anbot, einen Kaffee zu kochen, war schon sehr lange nicht mehr vorgekommen. „Wenn du mich schon fragst, sage ich nicht nein. Es ist ja auch schon 15:00 Uhr", entgegnete die freundliche aufgelegte Tante. „Für mich mache ich einen heißen Kakao", sagte Lena und schon war sie in der Küche. Sie servierte den Kaffee, legte ein paar selbst gebackene Kekse dazu und fragte ganz vorsichtig: „Tante Tina, darf ich meinen Geburtstag in diesem Jahr zweimal feiern?" Tina war sofort klar, um was es ging. „Willst du damit sagen, dass du mit deinen Freundinnen und Freunden alleine feiern möchtest?", fragte sie ihrer Eingebung folgend. „Ja", antwortete Lena, „und danach machen wir dann ein Kaffeetrinken mit den Erwachsenen. Erlaubst du das?"

„Liebe Lena", antwortete Tina, „auch ich war mal jung. Zu meiner Zeit hatte das Alter 15 zwar nicht den hohen Stellenwert wie hier in Paraguay, doch habe auch ich meinen 15. Geburtstag mit meinen Freundinnen und Freunden alleine gefeiert. Ich denke, dem steht nichts im Wege, zumal ich weiß, dass ich mich auf dich verlassen kann und es zu keinen bösen Überraschungen kommen wird. Natürlich erlaube ich es dir."

Lena hatte ihr Ziel erreicht. Sie war überglücklich! An dem Tag wollte sie Heinrich endlich so weit bringen, dass er sie küsst. Das würde klappen, davon war sie überzeugt! Sie nahm ihr Buch, in dem spannende Berichte über Deutschland standen, wieder in die Hand und las aufmerksam weiter.

Es klingelte an der Haustür, und Lena wusste, es war Heinrich! Schnell lief sie zur Tür, um sie zu öffnen. Heinrich merkte sofort, dass Lena eine gute Nachricht hatte. Schnell begrüßte er Tina, um dann eiligst mit Lena in ihrem Zimmer zu verschwinden. „Großartig", sagte Heinrich. „Wie hast du es geschafft, deine Tante zu überzeugen?" Lena berichtete ihm haarklein von ihrer erfolgreichen Taktik: „Überzeugen musste ich sie nicht. Ich habe einen Kaffee gekocht und dabei gefragt, was sie von der Idee hält. Ich hatte schon länger das Gefühl, dass sie es erlauben würde. Als sie mir dann erzählt hat, dass sie ihren 15. Geburtstag auch mit ihren Freundinnen und Freunden gefeiert hat, war für mich die Sache klar: Sie erlaubt es mir. Heinrich, ich freue mich so darauf!"

„Ich freue mich auch riesig und verspreche, dass ich dir helfe", entgegnete Heinrich und ergänzte, „die Vorbereitungen brauchen zwar Zeit, aber es wird bestimmt eine ganz tolle Feier. Weißt du denn schon, wen du einladen wirst?" Heinrich war total begeistert! Lena überlegte, doch dann sagte sie: „Las uns eine Liste machen. Wir können gleich damit anfangen. Ich hole Papier und Bleistift."

Im Nu hatten sie 20 Personen aufgeschrieben und sie wussten, dass noch einige dazukommen würden. Zwangsläufig sprachen sie auch über das Essen. Für Heinrich war klar, dass Hans wieder grillen würde. Er merkte jedoch, dass Lena die Idee nicht so gut fand. Sie dachte an ihren 13. Geburtstag zurück. Damals hatte Hans erste Annäherungsversuche bei ihr gewagt. Das wollte Lena nicht noch einmal erleben. Doch auch sie wusste, dass es die einfachste Lösung für das Essen sein würde.

„Lass uns mit meiner Tante darüber sprechen. Falls sie die Idee auch gut findet, sollten wir es so machen", schlug Lena vor. Insgeheim war sie über den Vorschlag immer noch nicht besonders glücklich. Beim Abendbrot erzählte Lena ihrer Tante von der langen Teilnehmerliste. Sie fragte Tina nach einer Idee fürs Essen. „Da kommt ja wohl nur der Hans zum Grillen in Frage! Das macht er doch immer ganz hervorragend", entschied die Tante so resolut, als wenn überhaupt nichts Anderes zur Debatte stände. Aber Tina wusste ja auch nichts von dem Vorfall vor zwei Jahren. Lena beließ es dabei. Schließlich war es ja erst Mitte April und die Feier würde am 10. Mai stattfinden. Abends fielen Lena noch fünf weitere Personen ein, die ebenfalls auf die Einladungsliste gehörten. Sie las noch ein paar Seiten in ihrem Buch und schlief endlich hundemüde ein.

In dieser Nacht hatte Lena einen schönen Traum. Nachdem sich alle Gäste von ihrer Feier verabschiedet hatten, begleitete Heinrich sie in ihr Zimmer. Dort erfüllten sich alle ihre heimlichen Wünsche! Der Wecker klingelte und Lena wurde klar, dass es nur ein Traum war. Aber genau so, wie in diesem Traum, sollte es sich auch in der Wirklichkeit an dem Abend ihres Geburtstages abspielen. Das war seit langem ihr größter Wunsch.

Die Geburtstagsvorbereitungen waren jetzt im vollen Gange. Heinrich erwies sich dabei tatsächlich als große Hilfe. Immer wieder brachte er neue Ideen ein. Und Hans freute sich riesig, dass er das Grillen übernehmen durfte. Und immer wieder ertappte er sich dabei, dass er mit seinen Gedanken bei Lena war, die mit ihren 15 Jahren fast schon erwachsen wirkte. Er fragte sich, wie er mit über 30 Jahren in ein 15-jähriges Mädchen verliebt sein konnte!

Die Tage vergingen für Lena plötzlich viel zu schnell. Klar, die Gästeliste war seit einigen Tagen fertig, doch die Einladungen mussten noch geschrieben und verteilt werden. Lena bat Heinrich, das Schreiben zu übernehmen. „Du hast so eine schöne Handschrift", schmeichelte sie ihm. Er war stolz darauf und verbrachte einen ganzen Abend damit. Am nächsten Tag verteilten sie die Zettel in der Schule. Zwar musste Lena einige enttäuschte Blicke über sich ergehen lassen, doch sie konnte und wollte nicht die ganze Schule zu ihrer Feier einladen. Immerhin kamen zum Schluss 28 Personen zusammen. Es musste also für 30 Personen Essen zubereitet werden.

Tina wunderte sich seit Tagen, dass sie nichts von Lena bezüglich der Kosten gehört hatte. Selbstverständlich war sie bereit, die gesamte Feier zu bezahlen. Doch fragen musste Lena schon! Nachdem alle Einladungen verteilt waren, schnitt Tina das Thema beim Abendbrot vorsichtig an: „Lena, hast du schon mal überlegt, was deine Geburtstagsfeier an Kosten verursachen wird? Sicherlich, deine Gäste werden Salate mitbringen. Aber wie sieht es mit dem Fleisch und den Getränken aus? An alkoholische Getränke hast du wohl nicht gedacht, oder?"

Lena wurde ganz verlegen. Natürlich hatte sie mit

ihrem Freund besprochen, dass für die Jungen auch etwas Bier bereit gestellt werden sollten. „Entschuldige bitte, Tante", begann sie, „es ist mir äußerst peinlich, dich nicht im Vorfeld danach gefragt zu haben. Bezahlst du meine Feier? Ich bin auch bereit, dir in Zukunft noch mehr zu helfen. Ich war in letzter Zeit so voller Vorfreude auf das Fest, dass ich es total versäumt habe, dich zu fragen."

„Schon gut, Lena. Dass ich die Kosten übernehme, steht außer Frage. Das heißt, genau genommen, übernehme nicht ich die Kosten dafür, sondern sie werden vielmehr von deinem Geld gedeckt. Du weißt, dass deine Mutter nach dem Tod deines Vaters den Hof verkauft hat. Danach seid ihr zu mir gezogen. Das Geld aus dem Verkauf ist sehr gut angelegt und steht dir später zur Verfügung. Bislang kann ich darüber verfügen, aber keine Angst, Lena, du wirst dadurch nicht arm werden."

Lena wurde nachdenklich. Wie lange hatten sie schon nicht mehr von ihrer Mutter gesprochen. Sie malte sich aus, wie stolz ihre Mutter gewesen wäre, hätte sie die Feier miterleben können.

Jetzt aber bat Lena ihre Tante um weiteren Rat: „Heinrich und ich sind der Meinung, dass die Jungen sicherlich auch Bier trinken möchten. Es sind auch welche dabei, die schon 17 Jahre alt sind. Was hältst du davon?"

„Ich halte nicht viel davon. Alkohol hat schon viel Unheil angerichtet. Meint ihr denn wirklich, dass es sein muss?", entgegnete Tina und wollte Lena damit auf Herz und Nieren prüfen. Aber auch sie wusste zu genau, dass an so einem Fest natürlich auch Alkohol getrunken wird.

„Bitte, Tante, wenn wir es nicht anbieten, bringen einige bestimmt ihr eigenes Bier mit. Es müssen ja keine Unmengen sein", gab Lena zu bedenken.

„Gut, aber seid bitte vorsichtig beim Verzehr. Außerdem muss Hans das Bier wohl besorgen, denn an Minderjährige wird kein Alkohol verkauft", schloss Tina das Thema ab. Lena bedankte sich und versprach, vorsichtig zu sein.

Die Vorbereitungen für das Fest verliefen hervorragend. „Eine gute Planung ist eben sehr wichtig", sagte Tina. Es gab verschiedene Salate. Fleisch und Getränke hatte Hans besorgt. Stolz rief er Lena zu sich und zeigte ihr auch das Bier. Er merkte, dass er in Lenas Nähe Herzklopfen bekam. Lena spürte davon nichts und wünschte sich jetzt nur noch, dass die Feierlichkeiten endlich beginnen.

Ab 17:00 Uhr kamen die ersten Gäste. Während Lena sich um die alkoholfreien Getränke kümmerte, verteilte Heinrich das Bier. Er selber mochte so früh am Abend noch keinen Alkohol. Hans begann allmählich mit dem Anheizen der Holzkohle.

Lena packte ihre Geschenke aus und entdeckte dabei ein Buch über die Sitten und Gebräuche in Deutschland. Darüber freute sie sich ganz besonders. Die Feier entwickelte sich zu einem fröhlichen Fest. Es wurde viel erzählt, gewitzelt und gelacht. Hans ging das Grillen gewohnt leicht von der Hand. Um 19:00 Uhr saßen alle an den Tischen und genossen das leckere Essen.

Lena brachte auch ihrer Tante einen Teller voller Köstlichkeiten. Tina hatte es sich in ihrer Ecke gemütlich gemacht und beobachtete das bunte Treiben auf dem Rasen vor ihrem Fenster. Lena bedankte sich noch einmal bei ihr. Auch Tina bedankte sich für das Essen und wünschte weiterhin eine gute Feier. Sie war richtig stolz auf Lena. „Eine zufriedene, hübsche junge Dame ist sie geworden', dachte sie.

Die Stimmung auf dem Hof wurde indes immer fröhlicher. Es bildeten sich erste Pärchen, und Lena war erstaunt, wer mit wem enger befreundet war.

Heinrich suchte immer wieder Lenas Nähe und sagte zu ihr: „Lena, wenn ich noch irgendetwas für dich tun kann, sag es mir bitte. Du weißt, ich mache es gerne für dich." Lena war im Moment wunschlos glücklich und brauchte keine weitere Hilfe. Doch für später, da hatte sie einen ganz besonderen Wunsch! Immer wieder guckte sie auf ihre neue Uhr, die sie von Tina, zum Geburtstag bekommen hatte. Es war inzwischen 23:00 Uhr. Tina wünschte sich, mit Heinrich alleine zu sein!

Tatsächlich verabschiedeten sich die ersten Gäste um 23:30 Uhr. Kurz vor null Uhr war die Feier vorbei. Sie blieb mit Heinrich und Hans alleine auf dem Hof. Schnell wurden die nötigsten Sachen weggeräumt. Lena wollte jetzt ganz schnell mit Heinrich in ihr Zimmer verschwinden. Der Alkoholverzehr hatte sich in Grenzen gehalten. Es war sogar noch etwas Bier übrig geblieben. Doch Lena bemerkte, dass Hans etwas zu tief ins Glas geguckt hatte! Sie sah, dass er wackelig auf den Beinen war und eine lustige Melodie vor sich hin brummte. Dabei war er fleißig mit dem Wegräumen beschäftigt.

Lena bedankte sich bei ihm und betonte immer wieder, wie köstlich das Essen war. Auch Hans hat die Feier gut gefallen. Er bestand darauf, den Rest alleine wegzuräumen, und sagte zu Lena: „Es war eine schöne Feier, aber jetzt möchtest du doch bestimmt noch ein bisschen mit Heinrich alleine sein. Schließlich bist du heute 15 Jahre alt geworden." Das hörte Lena gern, sie nahm Heinrich bei der Hand und verschwand mit ihm ins Haus. Dabei bemerkte sie, dass ihre Tante gerade das Licht im Schlafzimmer ausmachte.

„Oh, man, sie hat bis jetzt gewartet mit dem Schlafengehen! Ob sie uns wohl die ganze Zeit beobachtet hat? Was sagst du dazu, Heinrich?", fragte Lena ihren Freund. Doch Heinrich erwiderte sofort: „Sie ist doch deine Tante und für dich verantwortlich. Ich finde es gut, dass sie ein bisschen auf dich aufpasst."

Lena wunderte sich etwas über Heinrichs Äußerung. Doch als sie in ihrem Zimmer ankamen, pochte Lenas Herz so schnell, dass sie kaum noch zu sprechen im Stande war. Sie umarmte Heinrich ganz fest und erwartete von ihm dasselbe. Doch Heinrich wehrte sie ab und sagte: „Lena, es ist schon so spät. Auch ich habe etwas Alkohol getrunken. Wir müssen vorsichtig sein und dürfen nichts überstürzen."

Aber Lena ließ sich von ihrem Vorhaben nicht abbringen und küsste Heinrich innig auf dem Mund. Heinrich erwiderte den Kuss kaum und setzte sich auf einen Stuhl. Für Lena brach eine Welt zusammen! Wie lange hatte sie auf diesen Tag, diese Nacht, gewartet? Und jetzt diese große Enttäuschung! Ihr geliebter Heinrich war noch nicht bereit, erotische Spielchen mit ihr zu treiben, geschweige denn, liebevolle Zärtlichkeiten mit ihr auszutauschen.

„Du liebst mich überhaupt nicht. Wieso hast du mir das nicht schon lange gesagt? Ich habe alles dafür getan, heute einen schönen Abend mit dir zu verbringen. Doch du legst gar keinen Wert darauf", schluchzte Lena. Sie warf sich aufs Bett und fing noch lauter an zu weinen.

„Lena, liebe Lena, nur weil ich dich liebe, bin ich so vorsichtig. Schau mal, morgen ist doch auch noch ein Tag. Und wir sind noch so jung und haben doch noch so viel schöne Zeiten vor uns", flüsterte Heinrich Lena ins Ohr.

Aber Lena verstand die Welt nicht mehr und bat Heinrich zu gehen. Er wollte Lena noch umarmen, um sich so von ihr zu verabschieden. Doch sie war schon im Badezimmer verschwunden. Heinrich ging aus dem Zimmer und huschte leise über den Flur, um Tina nicht zu wecken.

Auf dem Hof bemerkte Hans, dass Heinrich gereizt war. Auch war er verwundert, dass er sich so früh von Lena verabschiedet hatte. „Gute Nacht, Heinrich, schlaf gut!", rief er ihm nach. Heinrich erwiderte ganz kurz :„Gute Nacht und vielen Dank für deine Mühe."

Lena stand vor dem Spiegel und versuchte ihr verweintes Gesicht in Ordnung zu bringen. Die Tränen hatten ihr zart aufgetragenes Make-up verschmiert. Sie wischte sich vorsichtig über ihre

Wangen. Jetzt wollte und würde sie auf keinen Fall ins Bett gehen! Leise öffnete sie ihre Zimmertür und verschwand auf den Hof. Doch was wollte sie eigentlich? Noch einmal nach dem Rechten sehen? Kontrollieren, ob Hans alles ordentlich weggeräumt hatte?

Kaum draußen angekommen, kreuzten sich ihre Wege. Lena war fürchterlich aufgeregt und fragte Hans mit zitternder Stimme: „Hast du Heinrich noch gesehen?" „Ja", erwiderte Hans, „er ist eben nach Hause gegangen. Aber was ist denn los, habt ihr euch gestritten?"

Er sah, dass Lena geweint hatte. Suchte sie jetzt Trost bei ihm? Hier im Mondschein wirkte Lena noch anziehender. Er war kurz davor, sie einfach in seine Arme zu schließen. Doch das brauchte er nicht zu tun. Lena kam mit großen Schritten auf Hans zu und küsste ihn innig! Er wusste nicht, wie er reagieren sollte. Dann erwiderte er den Kuss. Er war ganz aufgeregt und konnte Lena nicht fest genug an sich ziehen. Genau das hatte sich Lena für diesen Abend gewünscht! Sie genoss den Augenblick. Dass es jetzt mit dem falschen Mann passierte, war ihr in diesem Moment egal.

Dann löste sie sich urplötzlich von Hans und entfernte sich einige Meter von ihm. Sie lief in Richtung des Grillplatzes, wo eine kleine

Gartenlaube stand. Dort setzte sie sich auf eine Bank. Hans folgte ihr und setzte sich zu ihr. Lena nahm seine Hand und führte sie zu ihren Brüsten. Hans streichelte Lena am ganzen Körper und küsste sie dabei. Er hatte so oft von Lena geträumt! Jetzt war sie es, die den Anfang machte. Er konnte sein Glück kaum fassen. Sie saßen eine ganze Weile eng umschlungen, ohne etwas zu sagen. Doch dann stand Hans plötzlich auf und sagte: „Komm Lena, ich begleite dich jetzt ins Haus. Du musst schlafen."

Lena willigte ein und sie gingen Hand in Hand über den Hof. Am Haus wollte Lena noch etwas sagen. Ihr inniger Wunsch nach mehr Zärtlichkeit und Liebe kam in ihr hoch. Obwohl es auch Hans bemerkte, verabschiedete er sich. „Wir sehen uns morgen bestimmt wieder", sagte er zum Abschied. Lena taumelte ins Zimmer, zog sich aus und ging ins Badezimmer. Sie sah ihre schlanke Figur im Spiegel und streichelte ihren schönen Busen. Wie konnte Heinrich sich so verhalten! Liebt er mich überhaupt? Oder ist er wirklich nur so vorsichtig?

Sie kuschelte sich ins Bett. An Einschlafen war nicht zu denken. Nach der Enttäuschung mit Heinrich hatte sie sich mit Hans eingelassen. Das hatte sich in dem Moment wie Glück angefühlt. Trotzdem wusste sie, dass es nicht richtig war. Lena versank in einen tiefen Schlaf und wurde erst am Morgen gegen 9:00

Uhr wieder wach. Es war Sonntag und Tina hatte bereits den Frühstückstisch gedeckt. Der Gottesdienst begann um 10:00 Uhr, da wollte sie auf keinen Fall zu spät kommen. Sie ging zu Lenas Zimmertür und klopfte vorsichtig an. Lena bat sie herein. Tina bemerkte ihre unglückliche Verfassung.

„Wie war die Feier gestern, und hast du tolle Geschenke bekommen?" , fragte sie Lena. „Es war so eine schöne Feier. Über die Geschenke habe ich mich sehr gefreut, ganz besonders über das von dir. Viele haben mich um die tolle Uhr beneidet", entgegnete Lena noch ein wenig verschlafen.

„Einige sind aber spät nach Hause gegangen. Denen hat es wohl besonders gut gefallen", forschte Tina nach. „Es hat allen gut gefallen. Heinrich hat mich noch ins Zimmer begleitet und sich danach verabschiedet. Er hatte auch etwas Alkohol getrunken und meinte, er sei müde und müsse jetzt nach Hause", gab Lena die gewünschte Auskunft.

„Hättest du ihn denn noch gerne bei dir behalten? War der Abend nicht lang genug?", fragte sie. „Doch Tante, es war alles gut." Lenas Unbehagen machte sich breit. Jetzt wünschte sie sich, dass Tina endlich das Zimmer verlässt!

Sie sagte auch prompt: „Ich möchte jetzt noch etwas schlafen. Können wir später weiterreden?" „Heute ist doch Sonntag. Möchtest du nicht mit mir in die

Kirche gehen?"", nervte die Tante weiter. Lena wurde die Fragerei zu viel und sagte: „Heute gehe ich nicht in die Kirche. Ich habe mich letzte Woche schon beim Kindergottesdienst abgemeldet!" Nun hatte Tina endlich verstanden. Sie verließ das Zimmer und ging in die Küche, um allein zu frühstücken.

Lena wurde ganz unsicher und fragte sich, ob ihre Tante wohl von den Geschehnissen gestern Abend etwas mitbekommen hat? Sie hatte das Licht in ihrem Schlafzimmer ja erst gelöscht, als sie und Heinrich ins Haus gingen. Was hat sie danach noch beobachtet? Ob sie wohl gesehen hat, dass ich mit Hans noch in der Gartenlaube war?

Heinrich hatte in der Kirche auf der letzten Bankreihe Platz genommen. Er sah Tina in der Tür und blickte sie verwundert an. Lena war nicht dabei! Er hoffte, dass sie nur verschlafen hat und später nachkommt. Doch sie kam nicht. Heinrich wäre am liebsten aufgestanden und zu Lena gelaufen.

Eine Verführung mit Folgen

Lena wurde nach einem weiteren kurzen Schlaf
wach. Sie krabbelte aus ihrem Bett, zog sich einen
Morgenmantel über und verschwand ins
Badezimmer. Es war ruhig im Haus, Tina war also
schon weg. Ein herrlicher Tag war angebrochen. Die
Sonne schien hell vom Himmel, als wollte sie Lena
heute besonders glücklich machen.

Bei einer heißen Tasse Tee in der Küche schossen
Lena die Erlebnisse vom gestrigen Abend durch den
Kopf. War es richtig, dass sie sich mit Hans
eingelassen hatte? Oder war es nur ein Racheakt für
das vorsichtige Verhalten von Heinrich? Oder hatte
sie doch Gefühle für Hans, der sich in der letzten
Zeit ihr gegenüber sehr nett und freundlich verhielt?
Sie versuchte die Gedanken zu ordnen, doch es
wollte ihr nicht gelingen. Unsicherheit machte sich
wieder in ihr breit.

In dem Moment kam Hans auf den Hof, um die
restlichen Grillutensilien wegzuräumen. Er guckte
zum Küchenfenster und entdeckte Lena, die gerade
ihren Tee trank. Die hellen Sonnenstrahlen ließen ihr
etwas verschlafenes Gesicht noch schöner
erscheinen. Hans blieb stehen. Auch Lena bemerkte
ihn. Ein Ruck ging durch ihren Körper. Ihr Herz fing
an, schneller zu schlagen. Sie ging ans Fenster und

winkte Hans zu sich. Er nahm die Einladung spontan an. Lena wusste nicht, wie sie sich verhalten sollte. „Möchtest du einen Tee trinken?", fragte sie mit aufgeregter Stimme. „In der Kanne ist noch heißes Wasser." „Wenn es für dich in Ordnung ist, trinke ich lieber einen Kaffee. Tee mag ich nicht", antwortete Hans.

Lena brühte den Kaffee auf und setzte sich auf die Küchenbank. Auch Hans nahm auf einem Stuhl Platz. Sie guckten sich an, wussten jedoch nicht so recht, was sie sich zu sagen hatten. Lena fing sich allmählich und sagte mit bestimmender Stimme: „Hans, das von gestern Abend dürfen wir nicht wiederholen. Ich habe dich sehr gern. Danke, dass du immer für uns da bist. Jedoch weißt auch du, dass ich einen Freund habe und der heißt Heinrich! Den kann und will ich nicht verletzen."

Hans blieb ganz ruhig und sagte leise: „Ich verstehe dich, Lena. Du bist jetzt erst 15 Jahre alt und ich bin über 30. Meine Gefühle für dich kann ich trotzdem nicht unterdrücken. Ich hoffe, du weißt, wie sehr ich dich mag." Lena stand auf und stellte ihre Tasse auf die Spüle. Auch Hans erhob sich und gab Lena seine leere Tasse. Dann verschwand er in den Garten und begann mit dem restlichen Aufräumen.

Lena setzte sich noch einmal ans Fenster und schaute Hans nach. Was waren das für Worte, die

Hans soeben zu ihr gesagt hatte! Sie wusste, dass Heinrich sie liebt, doch gehört hatte sie es bisher noch nicht von ihm! War er zu jung, oder fehlte ihm der Mut, es auszusprechen?

Lena konnte und wollte jetzt nicht nach Entschuldigungen und Rechtfertigungen suchen. Sie hatte die gestrige Nacht mit Hans genossen!

Genau danach hatte sie sich in letzter Zeit gesehnt. Waren es gar Vatergefühle, die sie verspürte, wenn Hans in ihrer Nähe war? Fehlte ihr, neben der strengen Erziehung ihrer Tante, einfach nur die Liebe, obwohl sie genau wusste, dass Tina sie sehr gerne hatte? Über den Verlust ihres Vaters, den sie ja nie kennenlernen konnte, hatte noch niemand mit ihr gesprochen. Lena merkte, dass sie etwas bedrückte. Obwohl sie nur mit einem Morgenmantel bekleidet war, lief sie auf den Hof und umarmte Hans.

Auch Hans bekam Schuldgefühle. Was passierte hier eigentlich? Hatte er Lena den Kopf verdreht? Er forderte sie auf, ihn loszulassen. „Die Andacht ist doch gleich zu Ende und deine Tante kommt sofort nach Hause", sagte er ängstlich. Lena ließ Hans wieder los und lief ins Haus. Sie zog den Morgenmantel aus und sprang unter die Dusche. Das warme Wasser war wohltuend und weckte in ihr erneut dieses tiefe Verlangen nach Zärtlichkeit. Gerade hatte sie sich angezogen, da klopfte es an der

Tür und Heinrich trat herein. Er sagte etwas verlegen: „Hör mal, Lena, ich möchte mich für mein Verhalten von gestern entschuldigen. Es war auch für mich eine sehr schöne Feier und ich wollte mit dem guten Gefühl nach Hause gehen."

„Schon gut, Heinrich, auch ich habe mich etwas merkwürdig benommen." Lena verstand Heinrich nicht. Sie überlegte, was er ihr wohl mit dieser Aussage sagen wollte? Er hatte ein gutes Gefühl und wollte damit nach Hause gehen? Aber warum wurden ihre Gefühle von Liebe und Zärtlichkeit von ihm nicht erwidert?

Sie bat Heinrich, auf den Hof zu gehen und Hans beim Aufräumen zu helfen, denn jetzt wollte sie erst einmal allein sein. Heinrich folgte Lenas Bitte und ging wortlos hinaus. Auf dem Weg begegnete er Tina, die jetzt erst vom Kirchgang nach Hause kam. Mit ihrer Gehhilfe kam sie nicht so schnell voran, außerdem hatte sie sich nach der Predigt noch mit Bekannten unterhalten.

Weil noch reichlich Salate und Fleisch von der gestrigen Feier übrig geblieben waren, bat Lena Hans und Heinrich, noch ein Weilchen zu bleiben und mit Tina und ihr zu Mittag zu essen. Aber Lena nahm neben Hans Platz, während Heinrich sich neben Tina setzte. Tina lobte Heinrich für seine tatkräftige Unterstützung der letzten Tage.

„Liebe Tante, du darfst aber nicht den Hans vergessen, der die meiste Arbeit hatte. Allen meinen Freunden hat das von ihm gegrillte Fleisch herrlich geschmeckt", schwärmte Lena.

Peng! Was war das denn? Wieso setzte sich Lena plötzlich so für Hans ein? Tina und Heinrich guckten sich kurz an, sagten aber nichts.

Nach dem Essen verabschiedeten sich Heinrich und Hans und bedankten sich für die Einladung. Tina bat Lena, beim Abräumen behilflich zu sein. „Wann gedenkst du die Feier mit den Erwachsenen zu machen", fragte Tina. „Wir dürfen es nicht zu weit hinausschieben, sonst kommt zum Schluss keiner."

Lena war in den letzten Tagen so sehr mit sich selber beschäftigt, dass sie die Feier mit den Erwachsenen längst vergessen hatte. „Am nächsten Sonntag", sagte sie sofort. „Das soll mir recht sein", antwortete Tina und fügte hinzu: „Wenn du deinen beliebten Ostkuchen machst, backe ich einen Marmorkuchen dazu."

Die Woche verging wieder mal wie im Fluge. Am Sonntagnachmittag waren alle Gäste da. Nachdem sie die Geschenke verteilt hatten, ließen sie sich den selbst gebackenen Kuchen schmecken und tranken Kaffee oder Tee.

Auf Wunsch von Tina war Hans mit seiner Mutter gekommen, die immer noch im Rollstuhl saß und deshalb froh und dankbar war, wenn sie mal wieder an gesellschaftlichen Ereignissen teilnehmen durfte. Und Lena war glücklich, Hans bei sich zu haben. Bei jeder sich bietenden Gelegenheit tauschten sie Zärtlichkeiten aus.

Heinrich war auf Lenas Wunsch die ganze Woche nicht erschienen. Natürlich fühlte auch er längst, dass in seiner Beziehung zu Lena etwas nicht stimmte. Was genau dazu geführt hatte, wusste er nicht und übte sich in Geduld. Dass Lena mittlerweile Trost bei Hans gefunden hatte, war ihm nicht bewusst und das hätte er sich auch nicht vorstellen können.

Der Mai präsentierte sich in diesem Jahr besonders freundlich. Angenehme Temperaturen luden zu Spaziergängen und Ausflügen ein. Lena unternahm mit Hans und seiner Mutter, die im Rollstuhl gefahren werden musste, ausgedehnte Spaziergänge. Die Mutter sagte nicht viel. Sie war froh, dass ihr Sohn sich so rührend um sie kümmerte. Auch dass er sich so gut mit Lena verstand, machte sie glücklich.

Heinrich sah Lena nur noch in der Schule und am Sonntag in der Kirche. Weitere Treffen ließ sie nicht zu. Er spürte die immer stärker werdende Abneigung von ihr, fasste sich endlich ein Herz und bat Lena um ein Gespräch. Doch Heinrich fand nicht die richtigen Worte. Es gelang ihm nicht, Lena wieder für sich zurückzugewinnen. Lena ließ sich nicht umstimmen, und Heinrichs Hoffnung schwand dahin, und er befürchtete das Ende ihrer Beziehung.

Der Winter kündigte sich an, und ab Juni wurde es richtig ungemütlich. Tina und Lena saßen abends jetzt meistens in der Küche vor dem Ofen und genossen die wohlige Restwärme vom Herd. Dabei erzählte Tina immer wieder neue Geschichten und Erlebnisse aus ihrer Jugendzeit in Europa und Lena hörte fasziniert zu. Tina war so stolz auf Lena, die inzwischen zu einer gut aussehenden jungen Dame herangewachsen war. Da Lena selbst schon einige Bücher über Deutschland gelesen hatte und sie durch Tinas spannende Erzählungen immer wieder neu animiert wurde, das Land der Vorfahren kennen zu lernen, steigerte sich ihr Wunsch stets und ständig, Deutschland einmal zu besuchen.

Lena und Heinrich hatten sich den ganzen Winter nur am Wochenende gesehen. Die Liebe war abgeflaut, und es gab nur noch ein nettes „Hallo", wenn sie sich trafen. An einem Samstag im September bat Tina Lena in die Küche. Dort offenbarte sie ihrer Nichte, dass sie Haus und Hof verkaufen wollte, um ins Altenheim zu gehen. „Könntest du dir vorstellen, in dem Fall wieder zu deiner alten Freundin Lisa zu ziehen? Ich habe mit Familie Jansen schon über das Thema gesprochen und sie wären einverstanden", erklärte Tina.

Lena erschrak! Sollte ihre kleine heile Welt tatsächlich jetzt zu Ende gehen? Würde ihre Tante sie tatsächlich „abschieben" zu einer bekannten Familie?

Spontan antwortete sie: „Aber dir geht es doch gut. Mit der Hilfe von Hans schaffen wir die anfallenden Arbeiten. Wieso denkst du denn an ein Heim?"

Tina blieb ganz ruhig. Sie wusste genau, dass es ein sehr heikles Thema für ihre Nichte war. Aber irgendwann musste sie mit ihr darüber sprechen.

Sie sagte mit ruhiger Stimme: „Es ist auch überhaupt noch nicht akut, allerdings merke ich, dass mir manchmal die Kräfte schwinden. Sollte mir etwas zustoßen und wir zwei hätten vorher nichts geregelt, wäre die Situation für dich sehr schwierig. Bitte denk in Ruhe einmal darüber nach, und dann können wir das Gespräch heute Abend fortführen." Lena war einverstanden.

Am Abend begann Tina erneut die Unterhaltung und sagte: „Ich möchte dir einen Vorschlag machen. Wir fahren am Sonntag zum Fluss. Da ich zur Zeit kein Auto fahren kann und du dazu noch nicht berechtigt bist, bitten wir Hans, mit uns zu fahren."

Lena war wie elektrisiert! Mit Hans zum Fluss fahren, das wäre was! Sie stimmte sofort zu und fragte: „Hast du denn mit Hans darüber schon gesprochen?" „Noch nicht, aber das besprechen wir morgen nach der Andacht mit ihm. Ich bin sicher, dass er gerne mit uns fährt", sagte Tina daraufhin abschließend.

Davon war auch Lena überzeugt! Sie freute sich auf den morgigen Tag!

Hans sagte sofort zu. Mit Lena zum Fluss, davon hätte er nicht zu träumen gewagt! Doch Tinas Wunsch, seine Mutter mitzunehmen, konnte er ihr leider nicht erfüllen. Der Mutter ging es seit einigen Tagen nicht besonders gut und sie sah sich deshalb nicht imstande, mitzufahren. Sie wünschte Hans viel Spaß und bestellte liebe Grüße an Tina und Lena.

Mittags ging die Fahrt los. Der Tank war noch bis über die Hälfte gefüllt. Sie mussten deshalb nicht erst zur Tankstelle fahren. Es war ein herrlicher Tag. Die Sonne lachte vom Himmel und die Temperatur stieg auf über 25 Grad. Pullover und Jacke konnten zu Hause bleiben. Nur Tina nahm eine Strickjacke mit. „Man weiß nie, wie sich das Wetter entwickelt. Es kann gegen Abend kühl werden", waren ihre Worte. Hans und Lena guckten sich an und mussten schmunzeln. Davon bekam Tina glücklicherweise nichts mit, denn das hätte sie sonst auch verletzt, weil sie gerade von jungen Leuten erwartete, dass ihre Entscheidungen respektiert und nicht belächelt werden.

Die Straße war uneben und holprig, aber trocken, so dass sie trotzdem gut voran kamen. Der Weg führte auch an dem Unglücksort von Lenas Mutter vorbei. Tina, die auf der Rückbank Platz genommen hatte, legte ihre Hand vorsichtig auf Lenas Schulter. Auch Lena erkannte die tödliche Unfallstelle und drückte ganz fest Tinas Hand. Ein paar Minuten später waren sie am Wasser.

Zunächst ordnete Tina an, dass die beiden alle Sachen aus dem Auto räumen. Dazu gehörte ein Campingstuhl, Sonnenschirm, Fächer und so weiter. Die Getränke stellte Hans in den Schatten. Er schloss danach die Autotür ab und gab Tina den Schlüssel. Lena war schon im nahen Gebüsch verschwunden, um ihren neuen Bikini anzuziehen. Auch den hatte sie zum Geburtstag bekommen. Wer ihr den geschenkt hatte, wusste sie im Augenblick nicht, war aber für sie auch nicht so wichtig. Sie wollte jetzt mit Hans in den Fluss springen. Nachdem auch Hans seine Badehose angezogen hatte, gingen beide in Richtung Fluss. Doch Tina rief ganz laut: „Halt, zunächst möchte ich mit den Füßen ins Wasser. Schließlich war es meine Idee, zum Fluss zu fahren. Fasst ihr mich bitte bei der Hand, damit ich nicht ausrutsche?"

Tina war erstaunt, wie kalt das Wasser noch war. Ihre Füße ins Flusswasser zu stellen, war trotzdem eine Freude. Wie lange war sie schon nicht mehr hier gewesen? Seit dem Tod von Lenas Mutter waren sie nur ab und zu mal wieder zum Fluss gekommen. Nachdem Tina wieder auf ihrem Stuhl Platz genommen hatte, eilten die beiden zum Fluss. Lena ging ganz vorsichtig ins Wasser, doch Hans stieg auf einen Stein und sprang kopfüber hinein. Als er auftauchte, schwamm er in Richtung Ufer zu Lena. Dabei registrierte er, dass Lena in dem Bikini noch reizender wirkte! „Komm doch rein!", rief er ihr zu, „so kalt ist das Wasser nicht." Doch Lena traute sich nicht. Hans reichte ihr seine rechte Hand, und sie wagte sich ganz langsam ins Wasser.

Tina beobachtete das Treiben vom Ufer aus. Mit sichtlicher Freude und einem Sonnenhut auf dem Kopf beobachtete Tina das Spiel der beiden jungen Leute. Den Sonnenschirm hatte sie erst einmal noch nicht aufstellen lassen, damit er ihr nicht die Sicht versperrt. Lena wurde derweil mutiger und begann zu schwimmen. Die Strömung des Flusses trieb sie stromabwärts.. Hans bemerkte es und reichte ihr seine Hand. Wie gerne hätte er sie jetzt an sich gezogen und geküsst. Damit wäre auch Lena sicherlich einverstanden gewesen, denn sie fand Hans, trotz des Altersunterschieds, sehr attraktiv.

Lena und Hans verließen das Wasser und setzten sich vor Tina in den Sand. „Zieht euch etwas an, der

Wind ist immer noch frisch", riet Tina. Doch die beiden hielten das nicht für nötig, sie wollten doch sowieso gleich wieder in die Fluten springen.

Jetzt wagte sich Lena tiefer ins Wasser. Sie erschrak, wenn sie die kleinen Fische zwickten. „Das sind die kleinen Piranhas. Die testen nur, ob du auch gut schmeckst", flachste Hans. Lena musste herzhaft lachen und genoss das kühle Wasser. Die beiden konnten sich richtig austoben, denn außer ihnen war weit und breit niemand da. Dabei berührten sich ihre Körper, und plötzlich ergriff Lena die rechte Hand von Hans und führte sie zu ihrem Busen. Dann waren sie nicht mehr zu bremsen. Unter dem Vorwand, ein paar Blumen für ihre Tante pflücken zu wollen, verschwanden sie am Ufer im Dickicht. „Tina wir sind gleich wieder da", rief Lena ihrer Tante zu.

„Schön, aber bleibt nicht zu lange weg. Wir sind schon fast zwei Stunden hier und müssen bald wieder aufbrechen."

„Geht klar!", rief Lena mit ihrem Badetuch in der Hand. Der Schatten von den Bäumen wirkte zunächst frisch auf die nassen Körper der beiden. Sie erreichten eine Lichtung, dort spendete die Sonne eine angenehme Wärme. Noch ehe Hans sich versah, hatte Lena ihr Tuch ausgebreitet, legte sich darauf und hielt Hans die Hand entgegen. Der verstand die

Geste sofort und legte sich neben Lena.
Unbeschreibliche Glücksgefühle überkamen Hans.
Auch Lena genoss den Augenblick. Für sie gab es
kein Halten mehr. Endlich konnte sie ihrem
Verlangen nach Liebe und Zärtlichkeit freien Lauf
lassen. Dann war es vorbei! Schuldgefühle kamen in
Lena hoch. War das die große Liebe? War es das,
wovon ihre Freundinnen, die schon länger mit einem
Jungen liiert waren, schwärmten?
Lena hatte es sich schöner vorgestellt. Hans stand
auf und zog seine Badehose an. Auch er war von
Schuldgefühlen geplagt. Doch Lena zog ihn noch
einmal zu sich und drückte und küsste ihn liebevoll.
Hans wurde ruhiger und umarmte Lena. „Ich liebe
dich so, Lena", flüsterte er ihr leise ins Ohr. „Ich
mag dich auch so sehr", erwiderte Lena. Sie legten
sich erneut auf das große Badetuch, dabei sahen sie
oben im Baumwipfel zwei bunte Vögel aufgeregt
von Ast zu Ast springen, als wollten sie sagen: „Was
treibt ihr da unten."
Lena guckte Hans an und fing an zu lachen. Auch
Hans fand die Situation lustig und lachte. „Die
haben uns bestimmt beobachtet", meinte Lena.
Hans wurde plötzlich klar, dass sie Tina viel zu
lange alleine gelassen hatten. Er erhob sich und
pflückte einige Blümchen. Auch Lena zog sich an,
und mit dem Badetuch in der Hand folgte sie ihm.

„Ihr seid aber lange unterwegs gewesen", wurden sie von Tina empfangen. Doch als sie die Blumen sah, legte sich ihr Unmut. „Wo habt ihr die gefunden, die sind ja wirklich schön. Aber lasst uns jetzt die Sachen packen und nach Hause fahren", rief sie zum Aufbruch.

Lena hatte das dringende Bedürfnis, nochmal ins Wasser zu springen, und meinte: „Wir gehen kurz noch einmal in den Fluss, danach kann es losgehen." Sie hatte das Gefühl, sich waschen zu müssen. Hans folgte ihr. Danach liefen beide ins Gebüsch und zogen sich ihre Kleidung an. Lena umarmte Hans anschließend und flüsterte ihm ins Ohr: „Hoffentlich haben wir keine Dummheit gemacht."

Die Heimfahrt war angenehm. Tina wiederholte immer wieder, wie gut ihr der Nachmittag gefallen hat. Sie schlug vor, den Ausflug recht bald zu wiederholen. Damit waren Lena und Hans natürlich einverstanden. Zu Hause angekommen, bedankten sich beide bei Tina für den schönen Tag. Hans half Lena beim Ausladen der Badesachen und verabschiedete sich mit den Worten: „Ich muss jetzt schnell nach Hause. Meine Mutter wartet sicherlich schon sehnsüchtig."

Lena hätte es gerne gesehen, dass Hans noch etwas länger bleibt, aber sie wusste ja, dass er für seine Mutter verantwortlich war. Sie ging in ihr Zimmer und sofort unter die Dusche. Dann zog sie ihren neuen Trainingsanzug an und marschierte zu Tina zum Abendbrot. Tina war ganz überrascht von Lenas neuem Anzug und machte ein paar ehrlich gemeinte Komplimente über Lenas sportliche Figur. Nach dem Abendbrot legte sich Lena aufs Bett, nahm sich ein Buch und begann zu lesen.

Schluss mit Heinrich

Heinrich kam mit der jetzigen Situation überhaupt nicht klar. Er wünschte sich unbedingt Lena zurück. Doch jegliche Bemühungen seinerseits, Lena umzustimmen, scheiterten. Schadenfreude bei Lenas Schulfreundinnen machte sich breit, denn Heinrich wirkte mit seinem guten Aussehen auch auf die anderen Mädchen sehr attraktiv. Es gab nicht wenige, die sich ihn als Freund wünschten. Lena dagegen tat alles, um Hans zu sehen. Häufig organisierte sie Spaziergänge mit ihm und seiner Mutter. Tina fand es gut, dass die beiden sich so rührend um die Mutter kümmerten. Dass diese Spaziergänge oft ohne die Mutter stattfanden, davon wusste Tina nichts. Sie entdeckten einen geheimen Platz im Wald, wo sie ungestört waren und ihre Zärtlichkeiten austauschen konnten. Lena war überglücklich, dass sich ihre Vorstellungen von Liebe erfüllten. Sie genoss diese Stunden mit Hans.
Anfang Dezember wurde es wieder sehr heiß. Lena ging es seit ein paar Tagen nicht gut. Sie hatte keinen richtigen Appetit und musste sich oft übergeben. Auch Tina bemerkte die Veränderung, doch wann immer sie auch fragte, ob alles in Ordnung sei, antwortete Lena: „Ja, Tante, es ist alles gut, nur die Hitze macht mir zu schaffen."

Aber Lenas Zustand verbesserte sich nicht. Das konnte nicht nur an der Hitze liegen! Gut, dass jetzt Schulferien waren, so brauchte sie sich vor keiner Freundin zu rechtfertigen. Tina konnte den Zustand Lenas nicht länger ertragen. Sie riet ihr, am nächsten Tag zum Arzt zu gehen. Lena erschrak! Sie fragte sich, was wollte ihre Tante damit bezwecken? Wusste Tina mehr, als sie sagte? Wusste sie etwa von der Liebelei mit Hans?

Am Abend kam Hans und erledigte kleinere Arbeiten auf dem Hof.. Sofort lief Lena zu ihm und forderte: „Hans, wir müssen heute noch reden!" Hans merkte Lena an, dass sie etwas Wichtiges auf dem Herzen hatte. Auch waren ihm bei ihr einige Veränderungen in ihrem Verhalten in letzter Zeit aufgefallen. Darum hielt es auch Hans für angebracht, dass es höchste Zeit für eine ausführliche Unterhaltung war. Nachdem Hans alles erledigt hatte, klopfte er an Lenas Fenster. Gemeinsam gingen sie in die Gartenlaube. Dort offenbarte Lena ihm ihre Vermutung: „Hans, ich glaube, ich bin schwanger! Ich habe mich in letzter Zeit so oft übergeben müssen und Appetit habe ich auch fast keinen mehr. Ich gehe morgen früh zum Arzt!"

Hans durchfuhr es wie ein Blitz, und er konnte es kaum begreifen, was Lena gerade gesagt hatte.

Ungläubig fragte er sich: „Sollte er etwa mit einer Jugendlichen ein Kind gezeugt haben?" Fassungslos nahm er Lena in den Arm und sagte: „Wenn du morgen vom Arzt zurückkommst, dann sag mir bitte gleich Bescheid, was für einen Befund der Arzt festgestellt hat."

Lena versprach es und ging leise weinend in ihr Zimmer zurück. Tina hatte die ganze Zeit hinter den Gardinen am Fenster gestanden und die beiden beobachtet. Tina ahnte schon seit einiger Zeit, dass Lena wohl schwanger war, denn alle Anzeichen sprachen dafür, aber auch sie wusste nicht, wie es im Fall einer Schwangerschaft Lenas weitergehen sollte.

Die kommende Nacht war für Lena fast unerträglich. Immer wieder wurde sie wach, gequält von fürchterlichen Träumen. Doch am Morgen fand sie etwas Ruhe und schlief fest ein. Um 8:00 Uhr ratterte der Wecker. Sofort wurde Lena sich ihrer Situation bewusst. Sie musste sich jetzt fertigmachen und zum Arzt gehen.

Tina hatte das Frühstück schon zubereitet, als Lena in die Küche kam. Sie sah Lenas trauriges Gesicht. Mitleid kam in ihr hoch. Sie wusste genau, dass Lena in ihrem noch so jungen Leben viele Entbehrungen hatte hinnehmen müssen. Sie schloss Lena in ihre Arme, doch die versuchte, sich zu lösen.

Doch dann empfand sie ein angenehmes Gefühl in den Armen von Tina, die leise zu ihr sagte: „Liebe Lena, es tut mir so leid, was passiert ist. Ich habe versucht, dich vor schweren Schicksalsschlägen zu bewahren. Mir war dabei immer klar, dass du tief im Inneren deines Herzens deine Eltern vermisst. Dass Hans schließlich dein Freund wurde und nicht Heinrich, hängt sicherlich damit zusammen, dass Hans schon etwas älter ist. Du hast bei ihm vielleicht eine Art Vaterliebe gefunden."

Lena setzte sich auf ihren Stuhl und schaute Tina fragend an. Also wusste sie schon länger von dem Verhältnis mit Hans! Warum hatte sie niemals etwas gesagt oder wenigstens angedeutet. Sie empfand es dennoch sehr taktvoll von ihrer Tante, sich nicht eingemischt zu haben. Lena trank ihren Kaffee, aber essen konnte sie keinen Bissen. Trotz der Übelkeit musste sie jetzt los. Tina bemerkte ihre Unsicherheit und fragte: „Soll ich dich begleiten? Ich bin mit meiner Gehhilfe zwar nicht sehr schnell, aber vielleicht hilft es dir, wenn ich dabei bin."

Lena winkte spontan ab: „Danke, liebe Tante, ich schaffe das schon." Nach einem Kuss verabschiedete sie sich mit den Worten: „Danke für deine liebevollen und aufmunternden Worte. Sie geben mir jetzt die Kraft, es zu schaffen."

Tina blieb in der Tür und betete leise vor sich hin: „Lieber Gott, bitte lass nicht zu, dass meine kleine Lena schwanger ist!"

Lena will Gewissheit

Im Krankenhaus wurde Lena von einer älteren Schwester freundlich empfangen. Gemeinsam gingen sie ins Untersuchungszimmer. Die Blicke der Schwester wirkten auf Lena, als wollten sie fragen: „Du siehst krank aus. Geht es dir nicht gut?" Lena wurde noch blasser und wäre am liebsten wieder umgekehrt! Lena erzählte der Schwester Antonia vorsichtig von ihrem Verdacht der Schwangerschaft. Mit ruhiger Stimme antwortete Antonia: „Versuch bitte, ganz ruhig zu bleiben. Es ist ja kein Weltuntergang. Ich informiere jetzt den Arzt."
Die Untersuchung war recht schnell vorbei, und der Arzt teilte Lena lakonisch mit: „Du bist schwanger!" Lena reagierte entsetzt, das war jetzt eine konkrete Tatsache, die Lena sich nicht eingestehen wollte. Auch die freundlichen Worte des Arztes konnten sie nicht beruhigen.
„Komm, Lena, wir gehen eine Runde spazieren, dabei können wir in Ruhe über deine Situation sprechen", meinte die Krankenschwester Antonia verständnisvoll. Lena wurde entspannter. Antonia sagte tröstend: „Es ist etwas sehr Schönes, wenn ein neues Lebewesen auf die Welt kommt. Du wirst zwar eine sehr junge Mutter sein, aber es wird dich stolz machen."

Lena erzählte der Schwester von ihren Plänen: „Ich wollte so gerne Lehrerin werden, und mein großer Wunsch ist es, einmal nach Deutschland zu fliegen."

Antonia verstand ihre Sehnsucht und sagte: „Gerade in Deutschland gibt es ungeahnte Chancen für junge Mütter. Bleib bitte optimistisch! Ein Kind zu bekommen, heißt noch lange nicht, dass dir dadurch deine Zukunft verbaut ist."

Lena war erleichtert, bedankte sich für den Zuspruch bei Schwester Antonia und ging nach Hause. Hier wurde sie bereits sehnsüchtig von ihrer Tante erwartet. Lena wollte jetzt allerdings nur noch auf ihr Zimmer verschwinden. Dort warf sie sich aufs Bett und vergrub ihr Gesicht im Kopfkissen.

Nach 30 Minuten ging Tina zu ihr und klopfte vorsichtig an die Tür. „Lena, komm doch zu mir. Lass uns zusammen reden", bat sie. Lena erhob sich, öffnete die Tür einen Spalt und sagte: „Tante, ich bin schwanger. Ich bekomme ein Kind." Tina wandte sich ab und bat sie in die Küche. Dort versuchte Lena, sich zu entschuldigen, indem sie sagte: „Es hat sich so ergeben. Zum ersten Mal passierte es, als wir mit dir zum Fluss gefahren sind."

„Und danach habt ihr euch regelmäßig heimlich getroffen. Lena, wie konntest du nur so leichtsinnig sein", entrüstete sich Tina und musste sich bemühen, nicht die Fassung zu verlieren. Sie schenkte den Tee ein und fuhr fort: „Es wird sich vieles für uns verändern! Ich habe dir schon vor Wochen gesagt, dass ich überlege, ins Altenheim zu gehen. Ich bin zwar noch nicht so alt, doch meine Verletzungen von unserem Unfall zwingen mich dazu.

Wir sprechen jetzt mit der Familie Jansen, ob du wieder bei ihnen wohnen kannst. Sie kommen am Sonntag zum Kaffeetrinken. Übrigens, Lisa kommt auch mit."

Lena wollte nicht glauben, was sie da gerade gehört hatte! Wusste die ganze Familie schon von ihrer Situation inklusive Lisa? Dass sie schwanger ist, hatte sie ihrer Tante doch gerade erst gesagt!

Prompt fragte sie: „Tina, ich habe dir doch gerade erst von meiner Schwangerschaft berichtet. Wie kannst du denn da schon so vieles in die Wege geleitet haben? Hast du bei der Einladung irgendetwas zu der Familie Jansen gesagt? Ist gar Lisa schon informiert?"

„Rege dich jetzt bloß nicht so auf! Schließlich bist du es doch, die uns zu diesen Maßnahmen zwingt. Die Familie Jansen weiß nichts von deiner Schwangerschaft. Sie haben auch keinen Verdacht, also auch nicht Lisa. Das solltest du ihr am Sonntag selber offenbaren!" Tina versuchte ruhig zu bleiben.

Lena fiel der veränderte Tonfall ihrer Tante auf. So hatte sie noch nie mit ihr gesprochen! Nach dem Tee verschwand sie zurück in ihr Zimmer. „Halt!", rief Tina, „warte bitte einen Moment. Auch wenn wir das Gespräch hier abbrechen, wir müssen es morgen zu Ende führen."

Im Badezimmer wusch Lena sich mit kaltem Wasser durchs Gesicht. Sie hoffte, ihre Gedanken dadurch besser sortieren zu können. Das war einfach zu viel, was jetzt auf sie einstürzte! Vor dem Spiegel guckte sie auf ihren Bauch, aber es war noch nichts von einer Schwangerschaft zu erkennen. Dabei kamen Lena plötzlich ganz andere Gedanken. Ich werde Mutter, werde Verantwortung übernehmen für ein Kind! Gefühle von Stolz kamen in ihr hoch. Es schien alles nicht mehr so negativ zu sein. Sie freute sich auf die „Pflegefamilie". Die Tante wollte doch sowieso ins Heim.

Lena wurde ruhiger, legte sich aufs Bett und schlief ein. Dann hatte sie auf einmal einen furchtbaren Traum: Die Nachricht ihrer Schwangerschaft hatte sich wie ein Lauffeuer im ganzen Dorf verbreitet. Sie sollte aus der Gemeinschaft ausgestoßen werden! Schweißgebadet wachte sie auf und torkelte ins Badezimmer, um sich mit kaltem Wasser abzukühlen.

Am späten Nachmittag kam Hans. Lena sah ihn aus ihrem Fenster im Hinterhof. Als Hans Lena entdeckte, zeigte er auf die Gartenlaube. Sie verstand und war im nächsten Moment bei ihm. „Ich bin tatsächlich schwanger", unterrichtete Lena ohne Umschweife von ihrem Untersuchungsergebnis. Dabei blickte sie ihn erwartungsvoll an.

„Ich habe es geahnt", murmelte Hans. „Was haben wir nur gemacht? Das durfte nicht passieren!" Lena verstand die Reaktion nicht! Freute er sich denn überhaupt nicht? Sie war doch jetzt an ihn gebunden! Waren seine Liebesgefühle durch die Schwangerschaft plötzlich verschwunden?

Ein Gefühl der Hilflosigkeit kam in Lena hoch. Erst die ungewöhnliche Reaktion von Tina und jetzt das Verhalten von Hans!

Für Lena war klar, ab sofort musste sie ihr Leben eigenverantwortlich in die Hand nehmen. Sie bat Hans zu gehen und verschwand zurück ins Haus. Dabei dachte sie an den kommenden Sonntag und freute sich auf den Besuch der Familie Jansen.

Damals, als kleines Kind, hatte sie nach dem schweren Unfall viele Monate bei der Familie verbracht. Sie erinnerte sich an viele positive Ereignisse. Es hatte nie Streit oder Ärger gegeben. Auch mit der Tochter Lisa, ihrer ehemaligen besten Freundin, verstand sie sich gut. Ihr war jetzt klar, dass dieser Schritt die beste Lösung sein würde. Mit neuer Zuversicht ging sie in ihr Zimmer, um zu lesen. Das Buch enthielt ein Kapitel: „Rechte und

Hilfe für allein erziehende Mütter", dass sofort ihre volle Aufmerksamkeit bekam.

Lena war so vertieft in dem Buch, dass sie völlig die Zeit vergaß. Es war nämlich mittlerweile Abend, und Tina klopfte an der Tür, ohne jedoch etwas zu sagen. Lena war klar, ihr Verhältnis zu Tina hatte sich verändert! Sie ging ganz mutig in die Küche. Dort gestand sie Tina, dass sie sich auf den Besuch am Sonntag freue. Danach entwickelte sich ein angenehmes Gespräch zwischen den beiden. Die erste Aufregung war vorbei. Lena erzählte Tina von Hans seinem merkwürdigen Verhalten. „Das musst du verstehen, Lena", meinte Tina, „Hans ist seiner Mutter sehr verbunden. Er kann sie nie alleine lassen. Für ihn darf sich nichts verändern."

Jetzt fühlte Lena sich noch mehr bekräftigt in ihrem Vorhaben, ihr Leben ab sofort selber in die Hand zu nehmen.

Abschied von Tina

Familie Jansen kam am Sonntag pünktlich zum Kaffeebesuch. Auch Lisa war dabei. Nach der freundlichen Begrüßung verschwanden Lena und Lisa zunächst in Lenas Zimmer. „Bleibt nicht zu lange, der Kaffee ist gleich fertig", rief Tina den beiden hinterher. Sie waren zwar noch Freundinnen, doch verabredet hatten sie sich schon lange nicht mehr. Seitdem Lisa einen festen Freund hatte, blieb wenig Zeit für andere Bekanntschaften.

Lisa konnte es kaum abwarten, mit Lena alleine zu sein, um von ihrer bevorstehenden Hochzeit zu erzählen. Doch die kam ihr zuvor, indem sie sagte: „Lisa, ich bin schwanger." Lisa wusste zunächst nicht, wie sie darauf reagieren sollte, und fragte etwas ausweichend: „Was sagt denn Heinrich dazu, dass er Vater wird?"

„Nicht Heinrich wird Vater, sondern Hans. Heinrich sehe ich kaum noch. Mit Hans hat es sich so entwickelt. Ich weiß auch nicht, wie es passieren konnte."

Lisa verstand die Welt nicht mehr! Dass Hans der Vater von Lenas zukünftigem Kind wird, hätte sie nicht mal zu träumen gewagt. Sie fing sich und sagte: „Ich wünsche dir für die Zukunft alles Gute. Jetzt erzähle ich dir meine Neuigkeit: Franz und ich heiraten in zwei Monaten. Der genaue Termin steht auch schon fest." Tina rief, und die beiden eilten in die Küche, um den Kaffee und den frisch gebackenen Kuchen zu genießen. Dabei erzählte Tina von Lenas Neuigkeit. Eva und Johannes Jansen konnten und wollten ihre Verwunderung nicht verbergen. Spontan guckten sie Lena an, als wollten sie fragen: „Wie konnte das passieren?" Doch Tina ergriff dass Wort und fragte ganz direkt: „Könnt ihr euch vorstellen, dass Lena wieder bei euch wohnt? Ich möchte Haus und Hof verkaufen und ins Altenheim ziehen." Eva und Johannes guckten sich verdutzt an. Sie erzählten gerade von der bevorstehenden Hochzeit ihrer Tochter in zwei Monaten.

„Lena könnte doch in das frei werdende Zimmer von Lisa einziehen", kam es Frau Jansen etwas voreilig über die Lippen. Nachdem die Mädels fertig mit dem Kaffeetrinken waren, gingen sie aus der Küche. Lisa fing sofort an zu schwärmen: „Das stimmt, was meine Mutter vorgeschlagen hat. Du ziehst in mein Zimmer. Das wäre doch toll. Wenn ich daran denke, wie schwer es meinen Eltern fällt, dass ich ausziehe, bin ich sicher, dass sie zustimmen werden." Lena strahlte und sagte: „Du heiratest und ich bekomme ein Kind. Das ist doch verrückt, Lisa." Doch Lisa konterte sofort: „Mit einem Kind wird es bei mir

auch nicht allzu lange dauern." Kurz vor dem
Abendbrot verabschiedeten sich die Gäste. Tina
wirkte aufgeräumter und fragte Lena sofort: „Was
hältst du von dem Vorschlag? Das hört sich doch gut
an." Lena freute sich tatsächlich und stimmte zu:
„Ja, das finde ich auch." Da Tina Ordnung über alles
liebte, spülten sie danach sofort das Geschirr und
räumten es in die Schränke. In entspannter
Atmosphäre unterhielten sie sich dabei über ihre
Zukunft. Für beide war klar, dass sich für sie ganz
viel verändern würde.

Hans hatte es in den darauffolgenden Tagen stets
eilig. Er verrichtete seine Arbeit und verließ danach
den Hof, ohne sich bei Lena zu melden. Lena wurde
unsicher. Hat er sich wohl von mir abgewandt?
Wollte er mit dem Kind nichts zu tun haben? Eva
und Johannes kamen am Donnerstag mit einer guten
Nachricht. Sie teilten Tina freudestrahlend mit, dass
sie Lena gerne bei sich aufnehmen werden." Tina
fiel ein Stein vom Herzen, und auch Lena freute sich
riesig. Beide bedankten sich ganz herzlich. Tina bat
Eva und Johannes, noch etwas zu bleiben.
„Johannes, könntest du dir vorstellen, den Verkauf
meines Anwesens zu übernehmen?", fragte Tina
sofort. Johannes war stolz für Tinas Vertrauen und
sagte spontan zu. Sie vereinbarten, den Hof nach
Weihnachten anzubieten. Nach dem Verkauf sollte

Lena dann bei Familie Jansen einziehen. Nach der Hochzeit im Dezember zog Lisa mit ihrem Mann in ihr eigenes Haus. Eva und Johannes merkten, dass ihnen jetzt etwas fehlte. Es wurde ruhig in ihrem Haus. Umso mehr freuten sie sich auf Lena. Dazu ein Baby, Eva konnte es kaum abwarten!

Ein geeigneter Käufer für Tinas Anwesen war schnell gefunden, und der Verkauf ging kurz nach Weihnachten über die Bühne. Auch die Sachen, die Tina und Lena nicht mehr benötigten, übernahm der Käufer. Er war sogar bereit, beim Umzug der beiden behilflich zu sein.

Ende Januar war alles abgeschlossen. Tina wohnte im Altenheim und Lena bei der Familie Jansen. Lena genoss den herrlichen Ausblick aus ihrem Zimmer. Im Garten wuchsen verschiedene Obstbäume. Die erntereifen Früchte lockten, und Lena liebte es, das Obst sofort nach dem Pflücken zu verzehren.

Das Zusammenleben mit Familie Jansen war sehr angenehm. Eva und Johannes bekräftigten Lena, stark zu bleiben, um ihr Leben zu meistern.

Doch Lena kamen Zweifel. Sie fragte sich, ob Stärke alleine ausreichen würde, um es zu schaffen. Sie fühlte, dass es da noch etwas Anderes geben musste als Stärke. War es ein zuverlässiger Partner? War es Liebe? Oder hatte sie den Verlust ihrer Eltern immer noch nicht überwunden?

Antonia, die Krankenschwester, kam regelmäßig zu Lena, um nach dem Rechten zu sehen. Sie war sozusagen die Begleitperson Lenas während der Schwangerschaft. Auch war klar, dass sie Lena als Hebamme bei der Geburt unterstützen würde. Im März begann die Schule. Lena blieb aber jetzt aufgrund ihrer Schwangerschaft zu Hause. Ihren Wunsch, Lehrerin zu werden, konnte sie sich deshalb vorerst nicht erfüllen.

Das Verhältnis mit Hans ging nach ihrem Umzug gänzlich in die Brüche. Er schaffte es nicht, das Verhältnis mit Lena und seiner Mutter unter einen Hut zu bekommen. Auch er war total unglücklich mit der Situation und fragte sich immer wieder, wie es zu dieser Situation kommen konnte. Er dachte zurück an die vielen gemeinsamen Spaziergänge mit Lena und seiner Mutter. Jetzt, wo Lena ein Kind von ihm erwartete, war er mit der Situation überfordert.

Lena wusste auch, dass sie von Hans keine große finanzielle Unterstützung erwarten konnte. Sie beließ es bei der Situation. Auch Herr Jansen bekräftigte sie in der Absicht, das Kind alleine groß zu ziehen. Ein finanzielles Problem hatte Lena ohnehin nicht. Sie besaß ein gutgefülltes Konto durch das Erbe ihrer Eltern. Tina hatte alle Rechte und Pflichten diesbezüglich an Herrn Jansen abgetreten. Er war jetzt Lenas Bevollmächtigter, denn mit ihren knapp 16 Jahren war Lena noch nicht geschäftsfähig.

Lenas Geburtstag am 10. Mai wurde diesmal im kleinen Rahmen gefeiert. Tina wollte unbedingt dabei sein, und Johannes holte sie am Morgen ab. Als sie Lenas Bauch sah, wurde ihr klar, dass das Kind schon im Juni kommen würde.

Lena bekommt Mia

Am 10. Juni, genau einen Monat nach ihrem
Geburtstag, verspürte Lena Schmerzen. Es mussten
die Wehen sein! Sie war gerade in der Kinderecke,
die sie zusammen mit Eva eingerichtet hatte. Wären
doch bloß Eva oder Johannes jetzt in meiner Nähe,
dachte sie. Auf ihre Rufe reagierte niemand.
Sie hielt ihren Bauch mit beiden Händen und ging
langsam in die Küche. Dort saß Eva und schälte
Kartoffeln. Sie erkannte die Situation sofort und rief
nach Johannes, der verschwunden zu sein schien.
Doch dann hörte er ihr Rufen und lief ins Haus. Eva
riss sich die Schürze vom Körper und stützte Lena.
Mit größter Mühe gelangten sie zum Auto. Johannes
war vorgelaufen und hatte den Motor bereits
gestartet. Aufgeregt, aber glücklich kamen sie nach
10 Minuten im Krankenhaus an. Lena wurde sofort
auf die Entbindungsstation gebracht.
Ausgerechnet heute hatte Antonia ihren freien Tag!
Für Johannes war klar, dass er sie sofort holen
musste! Mit hoher Geschwindigkeit fuhr er über die
verstaubte Straße und war nach 12 Minuten bei
Antonia. Als die Johannes sah, ließ sie alles stehen
und liegen und sprang ins Auto. Das Krankenhaus
erreichten sie noch rechtzeitig. Antonia wusste, hier
ist Eile geboten! Es gelang ihr, Lena zu beruhigen.

Sie wich nicht mehr von ihrer Seite. Immer wieder befahl sie Lena: „Pressen, pressen!"

Dann, nach einer Stunde, war es so weit! Das Kind war geboren! Lenas Schmerzen wichen. Sie hörte einen Babyschrei und im nächsten Moment lag das Kind auf ihrem Bauch. Lena wollte sich bei Schwester Antonia bedanken, doch die streichelte über ihr schweißgetränktes Haar und flüsterte leise: „Es ist alles gut, Lena. Du musst jetzt nichts sagen." Trotzdem fragte Lena: „Ist es ein Mädchen?" „Ja", antwortete Antonia sofort.

Lena war überglücklich. „Dann heißt sie Mia", verriet sie der Hebamme. Antonia nahm das Kind an sich. Es musste gewaschen, gewogen und gemessen werden. Mit 49 cm und 2.750 Gramm wies es Normalwerte auf.

Am Abend kamen Eva und Johannes. Eva hatte zu Hause keine Ruhe gegeben, denn sie wollte unbedingt das Baby sehen! Lena begrüßte sie mit einem noch etwas schmerzverzerrten Gesicht. Sie sah sehr mitgenommen aus, und Johannes machte sich Sorgen, doch seine Frau beruhigte ihn: „Das ist normal, dass sie nach der Geburt etwas blass um die Nase ist." Als die Hebamme den Wonneproppen brachte, wollten die beiden ihren Augen kaum trauen. So ein winziges Baby! Johannes sagte prompt zu seiner Frau: „So klein ist unsere Lisa aber nie gewesen, oder?" „Nein", antwortete Eva, „sie war zwei cm länger." Beide mussten herzhaft lachen. Sie verabschiedeten sich von Lena mit den Worten: „Kommt recht bald aus dem Krankenhaus. Wir freuen uns schon so sehr auf euch."

Am nächsten Morgen holte Johannes Tina vom Altenheim ab und fuhr mit ihr ins Krankenhaus. Tina konnte ihre Tränen der Freude nicht verbergen. Sie wünschte den beiden alles erdenklich Gute und bestand darauf, dass Lena sie so bald wie möglich mit ihrer Mia besucht.

Hans ging erst am nächsten Tag ins Krankenhaus. Etwas schüchtern und aufgeregt begrüßte er Lena, die gerade das Kind stillte. Er konnte mit der Situation nicht so recht umgehen. Schon nach kurzer Zeit verabschiedete er sich mit den Worten: „Ich komme euch besuchen, sobald ihr zu Hause seid."

Schon fünf Tage nach der Entbindung konnte Lena das Krankenhaus verlassen. Eva hatte zu Hause alles für die zwei vorbereitet. Sie wollte unbedingt mitfahren und nicht daheim auf die Ankunft der jungen Mutter mit ihrem Baby warten.

Lena freute sich riesig auf ihr Zuhause und konnte die Ankunft kaum erwarten. Obwohl sie bei der Umgestaltung des Kinderzimmers mitgeholfen hatte, war sie überwältigt. In einer Ecke stand, fein geputzt und poliert, das ehemalige Kinderbett von ihrer

Freundin Lisa. Daneben befand sich eine kleine Wippe. Freudestrahlend teilte sie den beiden mit, dass es mit dem Stillen wunderbar klappt. Als hätte Mia es gehört, fing sie an zu weinen.

Alle verstanden und Lena legte sich mit Mia in das frisch bezogene Bett. Mia schlief danach wieder ein und Lena ging in die Küche, um sich bei Eva und Johannes zu bedanken. Sie konnte ihr Glück kaum fassen.

Lisa und Franz kamen am Sonntag. Lisa war total begeistert von dem kleinen Wesen. Ihr Wunsch nach einem eigenen Kind wurde durch Mia noch bekräftigt. Sie hatte ein kleines, rosa Jäckchen für Mia mitgebracht. Beim Anblick desselben mussten Lisa und Lena laut lachen. „Es ist auch nicht für dich bestimmt", scherzte Lisa.

Schwester Antonia besuchte Lena alle drei Tage. Es gab keinerlei Komplikationen mit dem Kind. Auch Lena erholte sich rasch von der Geburt. Antonia reduzierte die Besuche danach auf einmal wöchentlich. Am darauffolgenden Sonntag kündigte der Pastor einen Besuch bei Lena an. Er bat Eva nach dem Gottesdienst, Lena darauf vorzubereiten.

„Und was bedeutet das für mich? Was muss ich machen, wenn er da ist?" Lena war etwas verunsichert. „Wenn Herr Vogt kommt, bedeutet es, dass er sich für dich und dein Kind interessiert. Es ist doch nett, dass er an euch denkt. An deiner Situation kann auch er nichts mehr ändern. Bleib ganz gelassen."

Eva und Johannes waren wie richtige Eltern für Lena. Schon vor längerer Zeit hatten sie ihr das „Du" angeboten. Herr Vogt kam am Sonntag um 15:00 Uhr. Zunächst unterhielt er sich mit den „Eltern". Er bedankte sich im Namen der Gemeinde für das Engagement der beiden. Eva betonte noch mal, dass es mit Lena keinerlei Probleme gab. Herr Vogt wusste schon lange, dass Eva richtig vernarrt in die junge Mutter war. Der Pastor klopfte an Lenas Zimmertür. In dem Moment wurde Mia wach und Lena öffnete die Tür mit dem Baby auf dem Arm. Herr Vogt war beim Anblick der Kleinen überwältigt. Fast vergaß er den „Guten Tag"-Gruß. Sofort nahm er das Kind in seine Arme. Mia gefiel es scheinbar, sie blieb ganz ruhig dabei. Dann jedoch verlangte sie nach der Mutter. Lena bot Herrn Vogt einen Stuhl an. Sie selber setzte sich mit Mia auf die Bettkante und stillte sie. Es war ihr richtig peinlich. Herr Vogt bemerkte Lenas Unsicherheit. Er bat sie, das Kind in Ruhe trinken zu lassen.

„Es muss dir nicht peinlich sein, es ist doch etwas ganz Natürliches. Außerdem habe ich keine Eile." Lena taten die Worte gut. „Ich bin auch froh und glücklich, dass es mit dem Stillen so gut klappt."

Herr Vogt hob die Bedeutung des Stillens hervor und bat Lena, es so lange wie möglich beizubehalten. Jetzt musste Mia gewickelt werden. Der Pastor kam sofort, um zu helfen, so verliebt war er in das kleine Kind. Da fiel ihm ein, dass seine Frau ein paar selbst gestrickte Söckchen in seine Tasche gesteckt hatte. „Damit du bei Lena nicht mit leeren Händen erscheinst", sagte sie zu ihm. „Sollen wir Mia die gleich anziehen?", fragte er nach dem Wickeln. Lena stimmte zu, und mit dem rosa Jäckchen von Lisa sah sie jetzt aus wie eine kleine Prinzessin.

Der gute Draht zu Lena war hergestellt. Einem ungezwungenen, lockeren Gespräch stand nichts mehr im Wege. Lena merkte, dass der Herr Vogt tatsächlich gekommen war, um ihr Mut zuzusprechen. Er sagte mit überzeugter Stimme: „Liebe Lena, dein Leben verläuft jetzt bestimmt anders, als du es geplant hattest. Dafür hast du aber etwas ganz Kostbares geschenkt bekommen. Alles hat einen Sinn, und den wirst auch du erkennen. Wann immer du Hilfe oder Unterstützung brauchst, ich bin immer für dich da."

Die Ausreise

Das intakte Umfeld bei Eva und Johannes taten dem Kind sehr gut. Mia entwickelte sich prächtig und machte einen zufriedenen Eindruck. Eva fühlte sich als „Oma" mitverantwortlich für das Wohlergehen des Kindes. Auch „Opa" Johannes war stets zur Stelle. Der Winter ging dem Ende entgegen. Die Tage wurden länger und wärmer. Lena dachte an die Zeit zurück, als das Verhältnis mit Hans begonnen hatte. Ihr gemeinsames Kind zogen sie allerdings nicht gemeinsam groß. Hans kam selten zu Besuch, und sie war mit dem Kind noch nicht bei Hans zu Hause gewesen. Lenas Schuldgefühle wurden an manchen Tagen fast unerträglich. Auch ein Gespräch mit Hans änderte nichts an der Situation. Er fühlte sich seiner Mutter verpflichtet und sah sich nicht imstande, etwas daran zu ändern.

Lena wusste selber nicht, was sie wollte. Sie fühlte sich bei Eva und Johannes wohl und hatte auch nicht vor, mit Hans eine Ehe einzugehen. Also blieb es, wie es war.

Weihnachten nahte und Lena freute sich auf das erste Fest mit ihrer Tochter im Kreise der Familie Jansen. Selbstverständlich kam Lisa mit ihrem Franz am Heiligabend nach Hause. Sie hatte eine faustdicke Überraschung dabei. Kaum angekommen, sprudelte es aus ihr heraus: „Ich bin schwanger. Wenn ich richtig gerechnet habe, bekommen wir im August unser erstes Kind. Die ganze Familie freute sich für das junge Paar. Eva konnte es kaum fassen und meinte: „Dann werde ich ja eine richtige Oma."

Als im März die Schulzeit begann, überkamen Lena, trotz der positiven Erlebnisse mit ihrem Kind, immer mehr Zweifel. War es richtig, das Kind ohne Vater großzuziehen? Müsste sie nicht einen zweiten Versuch starten, die Beziehung zu dem Vater ihres Kindes zu normalisieren?

Lena wurde geplagt von Kopfschmerzen und Übelkeit. Auch der Appetit ließ nach. Gut, dass sie das Stillen Weihnachten eingestellt hatte! In ihrem jetzigen Zustand hätte sie sicherlich nicht mehr genügend Milch für das Kind gehabt.

Seit dem Abstillen kam auch die Krankenschwester Antonia nicht mehr zu Besuch. Nach der anstrengenden Arbeit war sie froh, im Kreise ihrer Familie sein zu können. Mias erster Geburtstag stand vor der Tür. Lena schickte Lisa und Franz eine Einladung, doch die mussten leider absagen, da Lisa sich nicht wohl fühlte. Auch Lenas Tante Tina war erkrankt und musste das Bett hüten.

So feierte Lena Mias ersten Geburtstag im kleinen Kreise mit Eva und Johannes. Am späten Nachmittag kam Hans vorbei. Er bestellte schöne

Grüße von seiner Mutter, wusste sonst aber nicht viel zu sagen. Schon bald nach dem Kaffee und Kuchen verabschiedete er sich wieder.

Bei Lisa war es dann auch so weit! Am 12. August brachte sie einen gesunden Jungen zur Welt. Franz, der Vater, war stolz und freute sich mächtig über seinen Sohn. Er sagte scherzhaft: „Ein Mädchen hätte ich auch nicht akzeptiert."

Lena beneidete ihre Freundin über die glückliche Ehe. Sie wurde dadurch noch unglücklicher. Es wurde so schlimm, dass sie sich entschloss, ein Gespräch mit Schwester Antonia, ihrer ehemaligen Hebamme, zu führen. Sie bat Eva auf Mia zu achten und ging zum Krankenhaus. Eva informierte Johannes über Lenas Vorhaben. Auch ihnen war aufgefallen, dass Lena in letzter Zeit einen unglücklichen Eindruck machte. Sie fragten sich, ob sie etwas falsch gemacht hätten. Als Lena eintraf, war Antonia gerade beschäftigt. Eine Kollegin bat Lena, Platz zu nehmen. Nach einer halben Stunde war die Antonia da. Sie freute sich aufrichtig, Lena zu sehen. Prompt fragte sie: „Wo ist Mia, hast du sie nicht mitgebracht?"

Lena berichtete von ihrem Zustand und den enormen Kopfschmerzen. So konnte sie ihren Tagesablauf kaum mehr bewältigen, ohne ihre Tochter Mia zu vernachlässigen. Antonia hörte aufmerksam zu.

Danach konsultierte sie den Arzt. Nach einem kurzen Gespräch mit Lena, verordnete der Arzt Schmerztabletten. Lena bezweifelte, ob die Tabletten an ihrem Zustand wirklich etwas ändern könnten. Doch Antonia beruhigte sie und sagte: „Wenn der Arzt die verschreibt, kannst du sie ruhig nehmen."

Zu Hause berichtete Lena von dem Treffen mit Antonia. Eva riet ihr, auf jeden Fall einen weiteren Termin beim Arzt zu machen. Eine gründliche Untersuchung schien ihr unausweichlich. Die Tabletten schienen zu wirken, denn die Schmerzen ließen nach. Lena wurde fröhlicher und ihre Lebenslust kam wieder zurück. Auch Mia hatte sich zu einem kessen Mädchen entwickelt, und wenn Lisa mit ihrem Sohn Tobias zu Besuch kam, war sie die „große Schwester". Eva genoss die Zeit mit den Kleinen. Immer wieder strickte sie neue Anziehsachen für den kleinen Tobias. Aber auch Mia war bisher nicht zu kurz gekommen.

Ausgerechnet um die Weihnachtszeit wurde Lena wieder von ihren Sorgen geplagt. Schuldgefühle und ihre Unsicherheit machten sie allmählich krank. Sie fühlte sich öfter missverstanden und zog sich immer mehr zurück. Die Blicke einiger Leute wurden für sie unerträglich. Doch was wussten die anderen schon von ihrer Einsamkeit. Elterliche Liebe und Geborgenheit hatte sie nie bewusst erlebt!

Bildete sie es sich nur ein, dass man schlecht über sie dachte? Vorwürfe jedenfalls hatte ihr noch niemand gemacht. Lena wurde zum Schluss richtig unglücklich. Sie ließ über Antonia einen Termin beim Arzt machen. Der sollte am nächsten Tag stattfinden. Diverse Untersuchungen wurden jetzt durchgeführt. Danach bat der Arzt Lena zu sich in sein Zimmer: „Es sind keine körperlichen Krankheiten festzustellen. Hast du in letzter Zeit viel Kummer gehabt? Bedrückt dich etwas?", fragte er Lena. Lena berichtete von ihren schlaflosen Nächten, von ihren Ängsten und Schuldgefühlen. Für den Arzt war jetzt klar, dass Lenas Beschwerden daher rührten. Er verschrieb einige Medikamente und empfahl ihr, den Kontakt zu ihren alten Freundinnen wieder herzustellen. Doch wollte sie das? Genau das war doch ihr Problem? Sie hatte das Gefühl, dass alle Freundinnen sich von ihr abwandten. Auch ihr ehemaliger Freund Heinrich hatte jetzt eine neue Freundin. Lena kam nicht zur Ruhe und wurde kurz vor Mias zweitem Geburtstag ins Krankenhaus eingeliefert!
Das Kind blieb alleine bei seinen „Großeltern"! Eva spendete viel Trost und versprach Mia, dass die Mami bald wiederkommt. Tatsächlich erholte Lena sich im Krankenhaus. Viele ehemalige Freundinnen kamen zu Besuch. Auch Lisa kam mit ihrem Kind.

Darüber freute Lena sich besonders. Sobald sie den Jungen in den Armen hielt, wirkte sie zufriedener. Nach zehn Tagen durfte Lena nach Hause. Die kleine Mia war überglücklich. „Mami, Mami", begrüßte sie die Mutter. Doch Lena hatte sich verändert. Sie wollte so nicht weiterleben. Beim Abendbrot teilte sie Eva und Johannes ihr Vorhaben mit.

„Ich habe euch etwas ganz Wichtiges mitzuteilen. Bitte versteht mich nicht falsch! Ihr seid stets lieb und nett zu mir gewesen. Ich fühle mich hier so gut aufgehoben, als wäre ich eure Tochter. Trotzdem muss ich etwas verändern! Ich werde nach Deutschland ausreisen!"

Das schlug bei den beiden ein wie eine Bombe! An alles hatten sie gedacht, dass sie vielleicht den Hans heiratet oder dass sie einen neuen Freund kennen gelernt hätte. Aber Ausreisen nach Deutschland schien für sie keine Lösung zu sein.

Lena fuhr fort: „Schon seit vielen Jahren hat mir meine Tante Tina regelmäßig Bücher über Deutschland geschenkt. Ich habe sie alle mit Begeisterung gelesen. Deshalb weiß ich auch, dass allein erziehende Mütter in Deutschland Unterstützung jeglicher Art erhalten. Für mich steht endgültig fest: Ich ziehe mit meiner Tochter nach Deutschland."

Eva und Johannes versuchten alles, Lena von der Idee abzubringen. Doch dann wurde Eva plötzlich etwas klar! Sie hatten Lena seit fast drei Jahren bei sich. Sie hatten alles, was in ihrer Macht stand, für Lena und Mia getan. Doch hatten nicht auch sie daraus einen enormen Nutzen gezogen? War es nicht wie eine Fügung Gottes, dass sie nach dem Auszug ihrer eigenen Tochter plötzlich wieder Kinder im Hause hatten?

Am Abend sprach sie mit ihrem Mann darüber. Auch ihm fiel es wie Schuppen von den Augen. Er sagte sofort: „Wir haben kein Recht darauf, Lena von ihrem Vorhaben abzuhalten. Vielleicht ist das die Chance für sie. Eva, wir dürfen ihr den Weg nicht versperren."

Johannes schmiedete sofort Pläne für Lenas großes Unterfangen. Er wollte mit seinem Bruder in Deutschland telefonieren. Der könnte die beiden doch vom Flughafen abholen. Peter war mit seiner Frau Maria vor 20 Jahren aus der damaligen Sowjetunion nach Deutschland ausgewandert. Sie fühlten sich hier mittlerweile heimisch. Eva fand die Idee auch gut, und so telefonierte Johannes am nächsten Tag mit seinem Bruder. Das Telefonat gestaltete sich als äußerst schwierig, da es zu der Zeit noch keine direkte Verbindung gab. Trotzdem erreichte er Peter schließlich. Der freute sich riesig über die Neuigkeit. Selbstverständlich war er bereit, die zwei vom Flughafen abzuholen. Natürlich konnten sie zunächst bei ihnen wohnen. Darüber würde seine Frau sich besonders freuen. Genug Platz hatten sie in ihrem Haus. Beide Söhne waren bereits ausgezogen und hatten ihre eigene Wohnung. Peter wollte auch sofort wissen, wann es denn so weit wäre. Johannes teilte ihm mit, dass der Flug für Anfang Juli geplant sei. Ein genaues Datum gab es allerdings noch nicht. Er versprach, sofort Bescheid zu geben, sobald der Termin feststand.

Peter eilte zu seiner Frau Maria und berichtete von der Neuigkeit. Auch sie war sofort einverstanden und freute sich. Es dauerte zwei Tage, dann stand der Termin fest. Es war der 9. Juli.

Der Abschied von ihren Lieben fiel Lena sehr schwer. Auch Tina konnte den Abschied kaum verkraften. Lena versprach, sich nach der Ankunft in Deutschland sofort zu melden. Dann kam der schmerzliche Abschied von Hans, dem Vater ihres Kindes. Sie vereinbarten, den Kontakt aufrechtzuerhalten. Zum Schluss wünschte Hans den beiden alles Gute.

Johannes und seine Frau brachten Lena und Mia am 8. Juli nach Asuncion. Es folgte ein sehr herzlicher Abschied. Dann hoben Lena und Mia ab und flogen von Paraguay nach Deutschland.

Aufregendes Deutschland

Lena schlief nach ihrem ersten Frühstück im Frankfurter Krankenhaus weitere drei Stunden. Als sie erwachte, war Mia bereits in ihrem Zimmer. Es war jetzt genau 10:00 Uhr. „Mami, Mami", rief Mia sofort und sprang in Lenas Bett. Lena war überwältigt, und ihr wurde klar: Wird sind in Deutschland! Während des Fluges aus Paraguay war sie zusammengebrochen und konnte sich an nichts mehr erinnern. Sie umarmte ihre Tochter und drückte sie ganz fest an sich.

Die Schwester Saskia kam nun ins Zimmer und sah die beiden eng umschlungen im Bett. Sie freute sich über die Herzlichkeit der Mutter. Lena wirkte so jung auf Saskia, dass diese dachte, es könnte auch die große Schwester sein. Am späten Vormittag kam der diensthabende Arzt zu Lena.

„Es scheint so zu sein, dass Sie während des Fluges einen Schwächeanfall erlitten haben", sagte er zu Lena. Das kriegen wir wieder hin. In ein paar Tagen können Sie das Krankenhaus verlassen. Wir werden heute Nachmittag einige Untersuchungen machen, und danach wissen wir mehr."

Lena war erleichtert, doch am Abend beunruhigte sie etwas! Wo ist der Bruder von Johannes geblieben? Der hatte sie doch vom Flughafen abholen sollen.

Sie betätigte die Nachtklingel, und eine Nachtschwester kam nach einigen Minuten ins Zimmer. Sie fragte sofort: „Ist noch etwas? Haben wir etwas vergessen?" Lena äußerte ihre Sorgen. Doch die Schwester war bestens informiert und sagte: „Alles schon geklärt. Herr Jansen war hier und hat noch einige Stunden gewartet. Doch dann musste er zurück nach Bielefeld. Er hat uns seine Telefonnummer hinterlassen. Sobald ihr Entlassungstermin feststeht, rufen wir ihn an."

Lena wunderte sich über diese Information. Es ist alles geklärt, ohne dass sie etwas dazu beitragen musste? Wie wunderbar! Sie war beruhigt, zog ihre Decke bis über beide Ohren und schlief fest ein. Am nächsten Morgen um 7:00 Uhr wurde sie von der Schwester geweckt.

Die Ergebnisse der Untersuchungen bestätigten die Vermutung des Arztes. Lena hatte einen Schwächeanfall erlitten. Und tatsächlich, nach drei Tagen war sie so weit, dass sie das Krankenhaus verlassen konnte. Als die Eheleute Jansen Lena und Mia sahen, wollte die Begrüßungszeremonie kein Ende nehmen. Während Peter sich mit Lena unterhielt, schloss Maria die Kleine fest in ihre Arme und wirkte so glücklich, wie schon lange nicht mehr! Lena empfand Wohlgefallen an der Herzlichkeit der beiden. Jetzt freute sie sich auf die Fahrt nach

Bielefeld. Als Lena das Auto von Herrn Jansen sah, fragte sie sofort: „Haben Sie ein neues Auto? Es ist so sauber." Herr Jansen musste lachen. Er antwortete freundlich: „Liebe Lena, ich bin der Peter und meine Frau heißt Maria. Das mit dem Sie fangen wir erst gar nicht an." „Und ich heiße Mia", funkte die Kleine dazwischen. Die drei konnten sich das Lachen nicht verkneifen.

Peter fuhr fort: „Mein Auto ist schon sechs Jahre alt. Hier in Deutschland behalten die Autos länger ihren guten Zustand." Lena wollte es kaum glauben. Als sie auf die Autobahn kamen, sah sie nur schöne Autos. Auch Mia war total aufgeregt und hielt ihren Blick immerzu auf die Straße gerichtet. So viele Autos hatte sie noch nie gesehen!

Für Lena war es eine ganz neue Welt. Sie genoss die Autofahrt, konnte es aber kaum abwarten, endlich in Bielefeld zu sein! Ihr wurde klar: Der erste Schritt ist gemacht. Sie ist jetzt mit ihrer Tochter in Deutschland angekommen!

Gelingt es Lena, mit ihrer Tochter hier in Deutschland glücklich zu werden? Wird sie hier neue Freunde und Aufgaben finden? Kann sie hier vor allem wieder zu ihrer alten Lebensfreude zurückfinden oder kehrt sie aus Enttäuschung bald wieder zurück nach Paraguay?

Lesen Sie dazu mehr in Band zwei!

Ein herzliches Dankeschön geht an meinen Sportkameraden Hartwig Villing, der mich bei der Herstellung dieses Buches so hilfreich unterstützt hat.